英雄和神的食材和做法

来吧，
厨房是离你
最近的天堂

拳王　作品

Live for nothing,

die for eating

湖南文艺出版社
HUNAN LITERATURE AND ART PUBLISHING HOUSE

博集天卷
CS-BOOKY

烤鱼

肥肠面

很多时候人们宁愿喝醉，
宁愿在荒诞的梦境里苟活一辈子。

烧鹅饭

松茸鸡饭

I want to be a hero in my mind,
给每一个做过英雄梦的孩子。

鲫鱼汤

谁用爱去拥抱，它就在周围绕，
陪你一直到老。

今晚打拳。练拳之前通常会吃点
老余的重庆小面，增强战斗力。

重庆小面

麻婆豆腐

当我做麻婆豆腐的时候，我觉得这世界只剩下我一个人，只有豆腐陪着我。

我在每一个哭着醒来的午夜，一想到还可
以下楼去吃一碗暖上心头的蹄花汤，我就
会觉得生活没那么糟糕。

蹄
花

冒菜

成都是一座适合孤独者生存的城市，
它会用美食和潮湿的空气向任何一个
孤独的人敞开怀抱。

番茄盅

那半句没有说出口的"爱过我"被王睿连同番茄、虾仁、蒸蛋和他的单纯一起，吞进了肚里。全成都最后一个长不大的小孩，终于长大了。

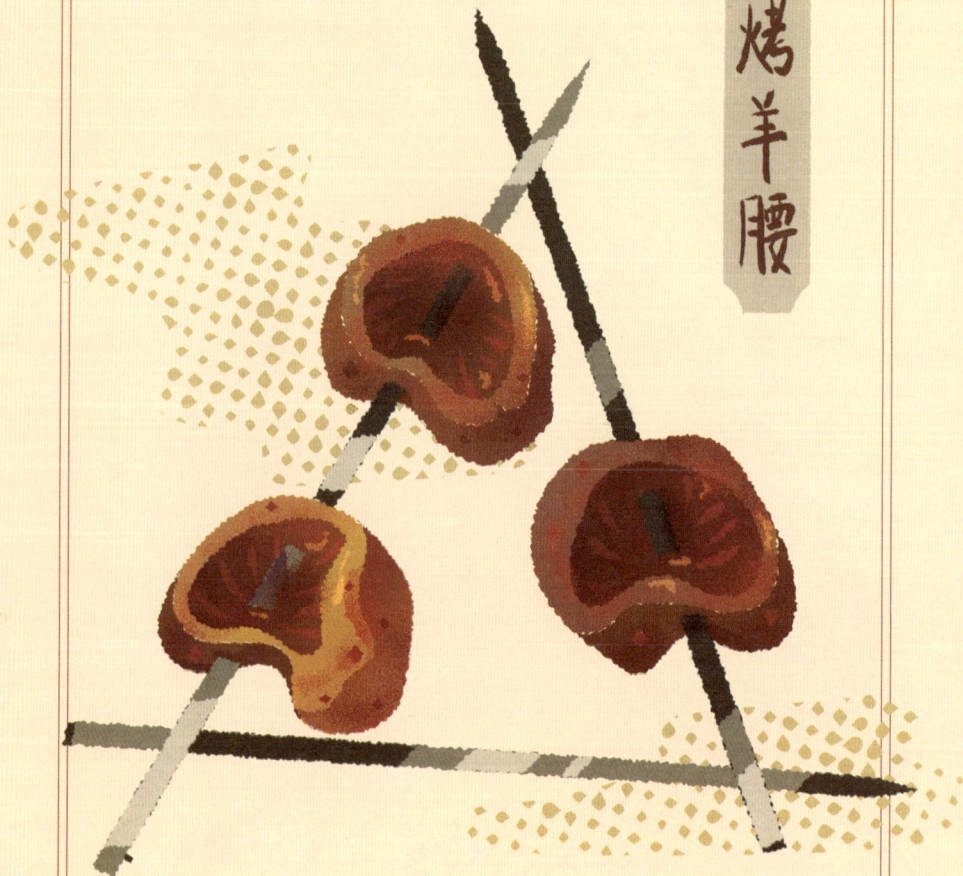

这么多年来，我在等待的路上吃下了
不计其数的腰子，可是我等的那个人，
再也不会回来了。

烤羊腰

草莓榴莲蛋糕

人生若只如初见多好，我宁愿每天都喝醉，每天都吐得撕心裂肺。

蒸蛋

有味道的地方就有江湖。

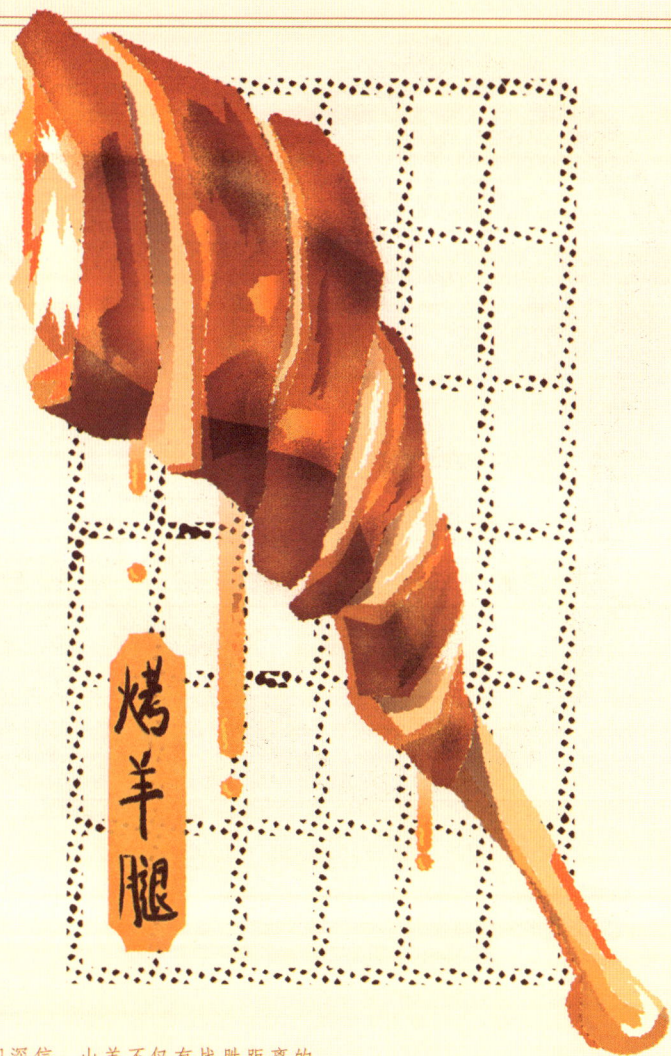

烤羊腿

我们深信，山羊不仅有战胜距离的
能力，他还能够战胜时间。

西班牙海鲜饭

相聚有一万种方式，而离别只有一种，
古今中外的离别总是相似的。

永远不要担心筵席散去，因为明天醒来我们还会继续吃的。

自序

　　我第一次写美食故事，是在2012年。那时我在英国念书，之所以从事这行业，大概是基于如下两个原因：一是身处黑暗料理的发祥地，不自己下厨，就只能出门吃草；二是我住在利物浦著名的大都会教堂旁边，每天听着晨钟暮鼓，不由得心生肃穆。爱因斯坦曾经说过，他所供职过的伯尔尼专利局就是他的"世俗修道院"，"在地球上最接近天堂的地方"，他在那里写出了不朽的《论动体的电动力学》（狭义相对论）。而对我来说，厨房就是我的天堂，我在那里清修、冥想，通过烤箱、锅铲和菜刀同上帝交流。

　　这就是我写美食故事的初衷——我喜欢称其为美食故事，而不是"菜谱"，因为我向来不是一个真正意义上的"吃货"，我只是喜欢藏在"吃"背后的故事。我在成都生活了三十年，酒肆饭馆间的故事传说在这里，就和麻将、三国、袍哥文化一样，是植入城市染色体的DNA。蜀地最早的美食故事是诸葛亮的"馒头"，相传诸葛亮在南征孟获的时候遭遇了灵异事件，当地群众建言需用人头祭拜，方能化解怨灵的执念。诸葛亮重视人权、不重视"面权"，于是他心生一计，用面粉做成人头的形状，摆平了忠厚老实的当地怨灵，这就是国民主食馒头的由来。曾经有人考证，晚清名臣左宗棠之所以自称"今亮"，就是因为他擅长蒸馒头。同时，在海内外还流传着"左宗棠鸡"的传说，其实纯属强行同名人拉关系，可见这种"山不在高，有仙则灵"的传统，在厨房里同样适用。所以，我喜欢在万籁俱寂的深夜待在厨房，打开一瓶酒，慢条斯理地循着传说中的故事做出故事中的料理，在这个过程中我建立起了版权意识：例如我做荞麦馒头时就会饶舌《梁甫吟》致敬孔明，做川菜名肴水煮白菜时恨不得把自己阉了以彰师道（相传水煮白菜乃李莲英为了孝敬胃口不好的慈禧太后所创）。这样一来，除了培养版权意识，我不用去到庙堂也能神交古人，可谓一举多得。

中国人里有这种觉悟的不在少数，比如我的哥们老陈。他在英国的时候特别热衷于参加当地教会组织的聚会。按照固定流程，教友们需要泪流满面地祷告、募捐、忏悔，最后才是冷餐会。老陈却总是掐准餐点，绝不早至。神父批评他不遵守程序正义，他说他这个人患有自闭症，前序环节参与了也是形式主义，只有在自助餐时，他才能真切感受到上帝的温暖。上帝给人类创造了嘴，又给人类创造了自闭症，所以自闭症患者必须吃，也只能吃——这是上帝的旨意，不然上帝为何不收回自闭症患者的嘴？

　　神父无言以对，他最后总结道："陈，你是孤独的。"他表示想拯救老陈孤独的灵魂，可惜被老陈拒绝了。

　　我们谁又不是孤独的呢，神父你拯救得过来吗？

　　近几年网络上掀起了在线直播的风潮，甚至有一些美女主播向全世界现场直播吃，她们每天吃下好几斤的拉面、牛肉、比萨，然后再花好几个小时的时间在跑步机上，以维持姣好身材。如你我所知，吃和运动是人类排孤解寂的最优方案，所以老陈总是一看到这类直播就热泪盈眶，觉得自己有义务去拯救那些正在胡吃海喝的美女孤独的灵魂，被我及时制止了。我说："她们就和你当年一样，低碳信神，不劳民伤财，还能向万千世人传递神谕，你又何必自作多情？"

　　而我上一次感受神谕，是在两年前。我在下班途中遇到了一个售卖成都名小吃蛋烘糕的流动摊贩，那是一个胖胖的中年女性，我花两元钱买了一个青椒肉丝馅的蛋烘糕，看她烤得慢条斯理，于是就把钱给了她，说我先去街对面的银行办事，然后再回来取糕。没承想当我办完事回到原地时，那个胖阿姨已经人去车空。我四处张望，看见不远处有一辆印着"综合执法"的卡车，胖阿姨估计连人带车在卡车上兜风呢。我正垂头丧气准备离去，只见胖阿姨从一条小巷斜刺里杀出，她推着三轮车，风尘仆仆地冲我而来。她扔给我一个塑料袋裹着的油纸包，里面是一张热气腾腾的青椒肉丝馅蛋烘糕，说："小伙子，我收了你的钱，一定不会差了你的糕，我'蛋烘糕冯'绝不欺你。"

原来胖阿姨为了避免被综合执法，不得不战略转移，但她为了等我回来，决定不停地在巷子里兜圈——只要不是固定摊贩，就不属于综合执法对象。她就这样在他们眼皮底下一遍遍打转，为了那个装满青椒肉丝的承诺。

"谢谢你，胖阿姨。"我哽咽了。

"Life sucks，不是吗？"她挥挥手同我告别。

那一瞬间我觉得世上就只剩下我和蛋烘糕两个实体了，天地间的我们是如此孤独。我悲愤地咀嚼着蛋烘糕，感受着青椒肉丝的热度，那大概就是如老陈所言，来自上帝的温暖。

时至今日我已完全不记得那一份蛋烘糕的滋味，但那温暖我永生难忘，并且决定写进这篇自序里，让它成为传说，就像诸葛亮的馒头、左宗棠的鸡和李莲英的白菜一样代代流传下去。我想，这就是我写美食故事的全部意义吧。Food come and go, but heroes are forever（美食穿肠而过，英雄永存于心）。

Contents
目录

You are a super hero

大鱼挑战

我姓李，今年三十岁了。我的记性一直不好，因此被一位朋友称作"李大鱼"。我问他为什么给我起这个绰号。他说："你没听说过金鱼只有七秒的记忆吗？"我说："原来如此。"

一周后我又碰到这位朋友，他冲着我打招呼："李大鱼。"

我看了看我身后，确定没有人，我回头问他："你在叫我吗？为什么叫我李大鱼？"

朋友叹气说："看来你真是一条李大鱼。"

类似这样的事，在我的生活中无时无刻不在发生。例如我经常在洗澡的时候洗着洗着就忘记了我有没有用沐浴液清洗过身体的某个部位，踌躇半晌之后，不得不将该部位再清洗一遍。说不定这已经是第三次清洗了。

我跟我的朋友探讨这个问题，朋友说："你不妨在洗澡的时候把你的进程公示给邻居，比如高呼：'我现在在洗屁股！'等几分钟后你忘记有没有洗时，你再请教邻居：'我有没有洗过？'"

我觉得这个方法虽然荒诞，但是在逻辑上毫无破绽，于是我从善如流，当晚就在洗澡的时候对着隔壁大喊："我洗过屁股了！"

五分钟后，我对着隔壁问："喂！我洗没洗屁股？"

楼下传来一个不屑的女声："流氓！"

我傻眼了，这属于不按套路出牌。对方回答"流氓"，那么我到底洗没洗屁股？这在解决方案里没说啊。我犹豫了好一阵子，还是无助地又洗了一次，只是我有些失望。

在接下来的好几天里，我无论怎么虔诚地向隔壁问询，换来的只有谩骂或死一般的沉寂。在第五个晚上，我又忘了自己洗没洗屁股，我绝望地对着隔壁怒吼："我到底洗没洗？"

一个苍老的声音从隔壁断断续续传来："洗了！洗了两次！"

就像天文学家发送给外星人的电波终于得到回应一样，我激动得彻夜难眠。我听出来了，那是隔壁的王大爷，小时候他看着我长大，还给我讲过他当八路军时打日本鬼子的故事，只是最近几年他身体不好，渐渐深居简出，很长时间都见不到他，我一度以为他已经离开我们了。

不过我对于这种记忆备份方式本身的兴趣，远大于和王大爷重逢的喜悦。我认为这种备份就好比智能手机上的云笔记，你可以随时把你的思考和心得上传到云端，让大数据代替脑细胞照顾自己的屁股。只不过我的"云"不是大数据，而是隔壁的王大爷。

我想我什么时候得亲自登门对王大爷表示感谢，毕竟他把我的屁股从无尽的化学制剂里拯救了出来。我朋友说："你使用手机里的云笔记，需要去该云笔记公司感谢产品经理吗？你使用电子邮箱，需要去机房感谢邮箱服务器吗？王大爷对你来说只是一堆二进制代码而已。这是一个存储可以代替记忆，数据可以代替情感的时代。你何必多此一举？"

我姓王，今年九十四岁了。我是山西文水人，和刘胡兰烈士是老乡。我二十岁时就参加八路军打鬼子，虽然我的革命动机不那么纯粹，是为了逃避封建包办婚姻才参的军。解放战争时，我随部队南下来了成都，后来在此定居。因为我有点文化，所以被组织安排转业当了地方干部。我万分舍不得脱下那身军装，但是军人必须服从命令。只是我私藏了一把在解放战场上缴获的勃朗宁手枪，我想，哪怕有一天我老得啥都记不得了，这把手枪还能让我回忆起那些黑暗而灿烂的日子。

结果"文革"时这把枪被造反派翻了出来，这成了我妄图颠覆政权的"罪证"。他们殴打我，把我隔离起来，逼迫我承认自己是"历史反革命"和"现行反革命"。给我定罪时，"历史反革命"的界定遇到了一些麻烦，因为我的历史无比清白：贫农出身，立过功，流过血，没当过俘虏，也没在某些被扳倒了的将领手下干过。造反派头子愁眉苦脸地翻着我的档案，突然福至心灵，指着我的出生地说："原来刘胡兰是你这狗日的出卖的！"

我就这样被戴上了"出卖刘胡兰"的叛徒帽子。一开始我宁死不屈，造反派把我打得呕血，甚至用竹签插进我的指甲缝里，我也拒不认罪。我觉得我多半会交待在这里了，后来被军区革委会给保了下来，他们考证说刘胡兰牺牲的时候我已经随部队南下，准备参加淮海战役了，不可能有出卖刘胡兰的机会，这才把我从隔离审查的小黑屋里放了出来。

我保住了命，"文革"结束后也恢复了名誉和职级。但是由于脑袋被打，落下了一些后遗症，比如反应迟钝和记忆力低下。到今天我已经九十多岁了，我的记忆就像是碎片一样零散，经常把昨天发生的事记成今天的。比如保姆小刘让我吃饭，我非说我已吃了三顿了，拒绝进食。她用勺子喂我，我大发脾气，说她是要迫害我，我似乎回到了"文革"的时候，那时我也绝过食、闹过自杀，然后被造反派捆住手脚强行喂食。过了一会儿，我又把小刘当成了我山西老家的童养媳，然后大声嚷嚷着要离家出走，参加革命。

一年前，我的家人带我去医院做了核磁共振。大夫看着检查结果，说了个非常复杂的病名，我听不懂，于是他只好解释说就是老年痴呆，不过只是在初期。按时吃药，注意调养，保持好心情，多动脑筋，我就不会傻得那么快，那么彻底。

我姓李，今年三十岁了。近来几个月我过得很开心，因为我洗澡时总有一个大爷在隔壁和我神交，风雨无阻地充当着我的人工"云笔记"。只是最近两周，我发现王大爷出差错的概率似乎有点高，有好几次我的屁股都洗肿了，他还是回答我没有洗。我想，王大爷也许和我一样，记性也不大好，我不能坐视不管，应该投桃报李才对。

我明白，恢复记忆力最好的办法就是多用脑。于是我在厨房烧菜、在洗手间洗衣服时，也不忘和王大爷遥相呼应。我大喊着"放了盐了""焯过水了""衣服泡过一次了"，然后期待着他在五分钟后能反馈给我正确的答案。但是我经常吃到咸得要命的菜，或者收获一件晾干后袖子还泛着油污的衬衫。我明白，王大爷的记性真的是越来越差了，看来这个"大鱼"的绰号应该转赠给他才对。

我有些郁闷，我犹豫着要不要放弃这个"云笔记"。我这个家属院是老干部宿舍，啥都缺，就是不缺大爷，大不了我去换个楼上的张大爷、刘大爷，照样好使。在第二天我炒菜时，正用锅铲使劲铲去铁锅上面的油渣，发出刺耳的金属擦刮声，这时隔壁王大爷突然歇斯底里地喊叫："今天你放了两次盐，洗了五次屁股，我都想起来了，不要刮了！不要刮了！"

我吓了一大跳，但是稍后仔细一合计，王大爷报出的这串数据准确无误，他的记忆力似乎随着我的刮锅声回来了，难道这就是恢复记忆的秘方？我试着对自己也用了这种方法，用金属勺子刮铁碗，用粉笔刮黑板，但我还是那条只有七秒记忆的李大鱼。看来这个方法仅对王大爷管用。

于是我在洗澡、做饭、洗衣的时候不停制造出这种噪音，来刺激王大爷的脑神经。他虽然听上去痛苦不堪，但是总能报出正确的数据。我想，他应该感谢我才对。

我姓王，今年九十四岁了。我被确诊了老年痴呆后，自己心里也很焦急，翻遍了医书，找了很多偏方，比如打麻将锻炼脑力。可是我的麻将水平实在太次，有一次，三楼的老张在我点炮后胡了个大四喜，激动得中了风，现在还躺在病床上歪着嘴说不了话。从此以后，居民院里再也没有大爷愿意和我这"扫把星"打麻将了。

我的两个儿子一个在国外，一个工作太忙没时间回家。只有一个长得像我老家童养媳的小保姆照顾我，她每天给我念念报纸，除此之外不愿意跟我多说一句话。我知道我经常莫名其妙地骂她，冲她发脾气，但是事后又全然不记得。她能继续照料我的生活，我已经很感激了。

　　我的生活就这样沉默地继续着。我记得当年在晋西北打鬼子，有一次反扫荡时弹尽粮绝，我在马厩里躲了整整三天，饿得只能吃喂马的干草。结果吃得上吐下泻，直到神志不清，觉得自己好像在梦里，又好像在一直朝一个深不见底的山谷里坠落。我现在的生活就是那样的感觉，只不过这坠落的过程更加平和漫长而已。

　　我的孙子小王偶尔回家，他会帮我做一些记忆力训练，有针对性地问我一些问题，比如今天看了什么新闻，这一届中央政治局常委是谁，上午拉了几次屎，等等。每当这时，我总是很开心，尤其是当我答对时，他会朝我竖起大拇指，就和他小时候我听他背诵课文时一模一样。我觉得我似乎变成了一个傻乎乎的小孩子，渴望着交流，渴望着被认可。哪怕只是随口问我几个白痴问题，我也会像几十年前做工作报告一样重视。

　　这样的日子总是短暂的，更多的时候我只是一个人发发呆，看看报纸，听听收音机。保姆小刘笑话我，说我其实每年只需买一张报纸就够了，因为上面的文字对我来说，永远都是"最新的"新闻。

　　直到半年前的一天，我在上厕所时听见了一个声音，感觉就像我孙子小王在给我做记忆力测试问答，那个声音说道："我洗过屁股了！"
他重复了两次，几分钟后又提问："我到底洗没洗？"我激动地抢答：
"洗了！洗了两次！"

那个声音回应道："谢谢你！"我知道我答对了，我很长一段时间
没有这么清醒过了，我觉得我是一个对社会还有用处的人。

就这样，我和那个声音保持着我们的默契，虽然这位年轻人老是
问我他有没有洗屁股，让我觉得有伤风化，但我还是感激他对我的耐
心和包容——我知道我经常答错，害得他每天要多洗好多次屁股。渐
渐地，他对我的提问开始多样化，涉及烹饪和洗涤，我有点力不从心，
但还是尽最大的努力配合他。

有一天，他突然用锅铲刮起了锅底，那声音让我痛不欲生。他大
概不知道，那是我多年的噩梦。我从小就特别害怕这种尖锐的金属摩
擦声，不管是勺子、锅铲，还是刺刀。我当八路时曾经在一次白刃战
里因为刺刀相交的噪音差点当场崩溃，后来幸亏我的班长及时出现捅
死了鬼子，救了我一命。

我也说不清当隔壁的锅铲声响起时，我为何那样失态。也许并不
仅仅是因为这声音本身。我今年九十四岁了，之前九十多年发生的太

多好事坏事，我都已经遗忘。但是有些东西我想忘也忘不了，比如身上的枪伤每到阴雨天就会隐隐作痛，又比如这种可怕的噪音好似能够穿越时间，直击我的灵魂深处。它们总在我已经遗忘的时候及时跳出来，强行勾起我的一些仿佛来自前世的回忆。

让我哭笑不得的是，尽管那噪音让我说不出地难受，我却像打了强心针一样瞬间恢复记忆，短时间内发生的事就像电影放映一般重现，我准确无误地回答出了隔壁年轻人当天提过的所有问题。这让他觉得不可思议，他就像找到了失传的武功秘籍一样兴奋。从那天以后，他每天都会用金属勺子刮碗，用锅铲铲锅，用两把菜刀相互摩擦，来帮我找回记忆。我知道他是一片好心，但我越来越苦不堪言。我明白这种饮鸩止渴的方式是阻挡不了我的坠落的。用大夫的话来讲，我脑子里的神经元正在成群结队地死去。我的眼里还有光，但它离熄灭的日子已经不远了。

我姓李，我今年三十岁。最近两周我家沐浴液用得很快，因为隔壁的王大爷已经很久没有回应我的呼唤了。我终于决定去按响隔壁的门铃，去看看我的"云笔记"为何罢工。开门的是小王，王大爷的孙子，他说王大爷这两周身体状况不大好，在床上一卧不起，神志模糊，连他都认不出来，更不用说我了。

我有些难过，我以为云笔记是可以无限升级的，它怎么会像Windows7系统一样停止服务？我突然灵光一闪，对小王说我有妙招，可治王大爷。当时的感觉就像《三国演义》里的韩馥说出"吾有上将潘凤，可斩华雄"一样自信。我奔回家去拿出锅碗瓢盆，来到王大爷床前，头一次在离他这么近的地方用勺子刮起了碗底。小王一脸愕然地看着我，扑上来抢夺我的碗勺。

就在这时，王大爷嘶哑着嗓子，喊叫着从床上挣扎着坐起，他目光空洞地指着我，嗓音里竟然带着哭腔。他失魂落魄地喊着："别刮了，我认罪。刘胡兰就是我出卖的！我是叛徒！"

我被吓呆了，然后被小王扑到了地上。他高举着拳头，颤抖着质问我，为什么要这样对他爷爷。我用胳膊护住脸，吓得一句话都说不出来。

小王回头看了看王大爷，来不及揍我，赶紧起身去拨打了120。救护车来接走了王大爷，我想跟着去医院，被小王骂了回来。我哭了，我不知道这一切究竟是怎么回事，我真的没有坏心，我只是想帮他，可我错误地把他当成一个软件，忘记了他是一个脆弱的老人。

我后来终于知道了事情的来龙去脉。原来王大爷从小就害怕金属摩擦的声音，抗战时差点因为这个弱点丢掉性命。"文革"时造反派逼迫他承认出卖了刘胡兰，来硬的不行，找人打听到了老王的这个命门，于是就在他面前刮了两天两夜的碗，最后老王终于精神崩溃，屈"刮"成招。若不是军区革委会里有他的老领导发话保他，他当时就会被当成大叛徒给毙了。

　　从那天起，王大爷彻底被这种噪音伤害了。这之后，只要噪音响起，他的大脑就会本能地切换到逼供模式，然后像扫描硬盘似的搜索出脑海里所有的数据，包括那些尘封的回忆和被遗忘的时光。这就像一种特异功能，一种建立在巨大痛苦上的超能力。这半年来，王大爷充当我的"云笔记"的技术基础，正是他的这种特异功能。

　　这是小王讲给我听的，当时我觉得自己简直比造反派还可恶，我不知能做点什么来弥补对王大爷的伤害。

　　我已经记不清我姓什么了。我只知道自己已经很老，老得不知活了多少年。我躺在病床上，旁边的人来来往往，不停地跟我说话，但是我完全听不懂他们在说什么。我的记忆只剩下一张一张飞驰的胶片，我看得见胶片里的一张张脸，但是我想不起他们是谁。

　　我唯一记得清清楚楚的事就是我出卖过刘胡兰。好像在很久以前，又似乎就在昨天，我在刺耳的金属噪音里心神激荡，然后乖乖承认了自己的罪状。我突然发现我出现了一辈子那么长的记忆偏差，我一直以为自己是个英雄，没想到在生命的尽头猛然发现自己居然是个叛徒。

所以我一句话也不想说，一粒米也不想进，我只想快点走到生命的尽头。叛徒不配活那么久。

我的隔壁病床躺了一位教授，他说他是从美国纽约回来的。我突然想起我的小儿子也在美国纽约工作，我很是兴奋地问那位教授认不认识我儿子。这是我这几天来第一次那么高兴。

教授说："你儿子叫什么名字？"

我愣了半晌，心情突然跌落谷底，因为我绝望地发现，我连我儿子叫什么都想不起来了。

怎么办，怎么办？我可以接受我是个叛徒，但是我不能接受我连自己儿子的名字都忘记。我不想自己孤零零地走向鬼门关，我不想在喝下孟婆汤之前，就已经把一切遗忘。我从中午开始一直痛苦地在床上翻滚，直到晚上，绞尽我仅剩的脑汁，还是不能找回关于自己儿子的任何回忆。

我看见教授的夫人用勺子喂他稀粥，勺子刮擦在碗底，发出规律的噪音。那声音让我心跳加快，血脉偾张。弱点就和天赋一样，是人深入骨髓的本能，那种本能在召唤着我，我知道我该怎么做了。

等教授喝完粥以后，我悄悄地溜下床，偷过他的碗勺。我坐在床沿，定了定呼吸，然后用尽最后的力气，义无反顾地刮起了碗底。那是我这辈子都不愿听到的声音，但此时此刻我需要它。

那声音就像黄河奔流，就像无数的炸药包在耳畔爆炸，又像是战士受伤后绝望的哭泣和嘶吼，让我只觉得天旋地转，难以自抑。在极度的痛苦中，我似乎回忆起了一切，我想起了我的两个儿子，他们事业有成，他们现在都过得很好。我想起了我早逝的夫人，在她眼里我永远是那个骑着高头大马的青年军官，我庆幸她没看到我生命最后的痴傻模样。我还想起了我的家乡，那里很穷，缺水，那里的人们以宰牛为祖传营生。我想起了我为了逃避包办婚姻参加八路军，离开了家乡，但我没有出卖过我的老乡刘胡兰。我记得我在枪林弹雨里没有尿过裤子，面对一把勺子却投了降。脱下了军装的我真是个尿包，我无比轻松地笑了。

那群戴着红袖章的兔崽子，有本事再来一次，我绝对不会承认我是叛徒。我一边刮着铁碗，一边豪气干云地想着。然后我骄傲地告诉教授，我的儿子叫王××，他在纽约大学工作，他是一名科学家。

教授说他知道这个人。看来我没有记错，我可以去喝孟婆汤了。我想起了那支被造反派没收的勃朗宁手枪，如果它在我身边多好。军人脱下了军装还是军人，而军人应该有军人的走法，不是吗？

我姓李，我今年三十岁。我在昨天参加了邻居王大爷的追悼会。他身上覆盖着党旗，他曾经是战斗英雄，到晚年还给我当了半年的"云笔记"，每天提醒我有没有洗屁股。他死于严重的阿尔茨海默病和并发症，也就是俗称的老年痴呆。

我回到家，打开电脑，漫无目地在网上游荡。我看见不同职业不同肤色的人纷纷举着冰桶，尖叫着、淫笑着把冰水浇在自己头上，然后用修图软件粉饰后传到社交网络，说自己是在关怀渐冻病人。其中一个朋友点了我的名，邀请我也参加这项挑战。

我不认识任何一个渐冻病人，我体会不到朋友们的悲天悯人之心。但我认识一位阿尔茨海默病患者，我想为这种疾病做点事。

于是我在微信里点了六位好友的名，跟他们说我现在向他们发起"大锤挑战"。具体说就是把参加者捆在椅子上，用锤子将其砸晕过去，让他暂时性失忆，体会到老年痴呆的感觉。然后对他进行刑讯逼供，让他回答我今天洗了几次屁股、本届政治局常委都有谁等问题。答不上来就用勺子刮碗，刮到他答对为止。

　　大家都拒绝了，他们说："那么多明星大V都在关心渐冻病人，那是多么有爱心的活动，还可以顺便秀身材，哪像你这个'大锤挑战'这么粗俗不堪？还有，我们也不知道什么是阿尔茨海默病，你知道什么是渐冻人吗？就是ALS（肌肉萎缩性侧面硬化病，严格说是渐冻人症的一种类型），你连这个都不知道，你太落伍了。"

　　他们不厌其烦地给我科普什么是渐冻人，我回头就忘记了。谁叫我是一条李大鱼呢。

　　今天我要发起一项新的挑战，目的同样是关怀阿尔茨海默病病人。之前的"大锤挑战"我在微信里发起了好几次，无人敢应，我反思了一下，那样搞确实容易对人造成生理伤害。所以今天我设计了一个菜谱，用美食的形式向你们发起一项灵魂挑战。以下就是"大鱼挑战"的方案：

　　1. 为了呼应"遗忘"这个主题，今天的主角是一条"李大鱼"。我专门去菜场选购了一条气质和我特别接近的大鱼，它是一条二斤二两重的黔鱼，肌肉发达，目光犀利。我不忍心"自杀"，所以让店家帮我把"李大鱼"开膛破肚，去掉鱼鳞和内脏。

回家后把死不瞑目的"李大鱼"放在盆里，帮它做了半个小时的仰卧起坐以锻炼腹肌，那样肉质会更紧实。

2. 前段时间有人在网上@我，说某医学院学生用外科手术的手法给一只母鸡去骨。你们是想干吗？想让我来个东施效颦？不就是手术刀吗？我也有。你们不要被吓着，我不是武侯区汉尼拔，我买这手术刀本来是用来雕刻番茄盅的，结果没用上。这次正好派上用场，我用它来给"李大鱼"的鱼身划几道深邃的口子，这样腌制的时候容易入味。

3. 接下来对"李大鱼"进行腌制。在腹腔里塞入葱段和姜片以去腥（黔鱼少刺但土腥味重，所以去腥尤其重要），然后在鱼身内外涂抹生抽、白酒、橄榄油、辣椒面以及你喜爱的任何作料。注意不要放盐，那样会让鱼肉变老，"李大鱼"还是个孩子。电视里上刑场前的人都有烟抽，所以在"李大鱼"嘴里插一根大葱，就当是送行烟了。R.I.P（rest in peace，墓碑用语，愿它们安息的意思）李大鱼。

4. 腌制一小时左右。在此期间可以准备其他食材配料，分别是洋葱、黄瓜、胡萝卜、菠萝、芹菜和大葱，分别切片、切丁、切段备用。另外准备一碟熟花生。

5．在进烤箱之前先介绍一下我的烤鱼神器，它像极了用来夹手指的刑具，这让我想到了王大爷在"文革"时的遭遇，心里颇不是滋味。我准备也让"李大鱼"感受一下，现在的年轻人需要这样的磨难教育。

6．在给"李大鱼""上刑"之前，先将其沿背脊剖开，抹上盐（这时可以放盐了）。然后用斩骨刀斩断"李大鱼"的肋骨，把它的身体掰开，让它变成一条二维的"李大鱼"，这样才能够放进烤鱼夹里。

被施以"夹刑"的"李大鱼"纹丝不动，一声不吭，如此tough（坚强），像极了我。我很是欣慰地砍下了它的脑袋，因为它太长了，烤箱塞不下。

7．预热烤箱，用油再刷一遍"李大鱼"，然后把鱼放进烤箱用大火进行烘烤。记得把烤盘放在"刑具"下方，接住滴下的油脂和残渣。可能有人会问我为何不直接把鱼放进烤盘里烤。那是因为成都烤鱼的经典做法是：先干烤，再用烤盘进行铁板烧。

8．用二百五十度的大火烤二十分钟，每五分钟翻一次面。这时候把准备好的素菜下锅翻炒，炒到断生就行，不用炒太久，因为等一下还要进烤箱加热。请注意我的铲功，已经达到了"无铲"的境界了。

9. 素菜起锅后装盘待用。这时"李大鱼"的刑期已满，可以释放了。把它放出烤箱，解开"刑具"，稍作安抚。在烤盘里刷满植物油、红油辣椒和生抽等作料，注意一定要多油多辣椒。多油是为了防止食材在烤盘里糊底，多辣椒的原因文末会提到，这一点至关重要，关乎整个"大鱼挑战"的成败。

10. 将"李大鱼"、葱、姜和胡萝卜放入烤盘，二百五十度上下火进行烘烤。先加胡萝卜是因为胡萝卜烤制所需时间最长，其他的素菜则稍后再放入。

11. "李大鱼"在烤箱里彻底仆街了，它生前和我一样是个吃货，有这么多食物给它陪葬，它应该含笑九泉了。

12. 大火烤制十五分钟即可出炉，撒上熟花生和白芝麻，就是一道经典的成都烤鱼。

此烤鱼综合了菠萝的清香、黄瓜的爽口、洋葱的辛酸、胡萝卜的爽脆，经过两种烤法的鱼肉外焦里嫩，口感层次丰富。

13. 作为"大鱼挑战"的最关键环节，这道菜必须搭配白酒。王大爷生前最爱喝两种酒，他山西老家六十度的汾酒和五十二度的四川名酒沱牌大曲。四川人喝不惯汾酒，所以我去买了一瓶市面上能买到的最好的沱牌大曲，向王大爷致敬。

作为挑战者，你必须独自吃光一份烤鱼，喝完一斤白酒，这样你必然迎来一场断片和宿醉。真正的挑战在第二天开始：你从宿醉中醒来，发现自己躺在一张陌生的床上，屁股痛得像被刀捅了腚眼。而我正冷笑着坐在你身畔，向你提出如下问题：你知道你的屁股为什么痛吗？

你如果宿醉过，就知道那种感觉像极了阿尔茨海默病，短期记忆丧失、思维能力低下、口齿不清、烦躁易怒、手抖得连东西都拿不稳。这时你几乎不可能记得昨晚发生了什么，你的记忆停留在你去了一位成年男子的家里，然后只剩一片空白。醒来后除了屁股剧痛，什么都不记得。

这时我会拿出准备好的勺子和碗，在你耳边疯狂刮擦（我自己会戴耳塞），让你在地狱般的分贝里回忆起一切，回忆起你的童年、你的初恋、你的热吻和眼泪，以及你昨晚吃了辣得要命的"李大鱼"，喝光了一瓶五十二度的白酒，这就是你屁股疼痛的真实原因。你终于能长出一口气，你意识到自己还是一个完整的男人，并且体会到了阿尔茨海默病病人的痛苦，你会举起大拇指，夸赞这真是一项有意义的挑战。

我把此方案公布在了微信里，一时间我的朋友们奋起应战，武侯区的成年大鱼几乎脱销。我很是欣慰。They all can feel your pain（他们都能感受到你的痛苦），王大爷。

就在昨天，我的朋友王睿告诉我，他和他的同事也进行了这项挑战，可他宿醉醒来后，无论同事怎么刮碗刮锅，他就是想不起来头一天晚上发生了什么，他完全不记得吃了烤鱼，可他的屁股为何还是那么疼？他说他准备去医院做一个大便采样，检测一下里面到底有没有鱼的成分。

我阻止了他，我说："不要去，你想不起来，只是因为你对刮碗免疫而已，真的。不要多想。"

这就是史上第一个"大鱼挑战"的失败者。朋友们，这就是生活。

You are a super hero

肥肠之神

　　我的表弟小刘是一个上升星座为处女座的巨蟹座男人，他综合了这两个星座的特点，一是有洁癖、注重细节，二是爱吃肥肠。试举一例，他曾经养过一只萨摩耶犬，平日里把狗养在阳台上，一个月之后，他终于对阳台的黄色墙纸忍无可忍，去买了墙面漆把墙壁粉刷成了白色，以和萨摩耶保持一致。有朋友问他为啥舍大求小，何不把萨摩耶染成黄色的？他瞪了那个朋友一眼，反诘道："你内裤要是小了，是选择换一条内裤还是在裆部切一刀？"

　　这就是我的表弟小刘，他是一个有原则的男人，决不削足适履。

　　小刘小时候住在成都武侯区的电信路一带，这一带没什么别的特点，就是苍蝇馆子特别多。在这里先做个解释，所谓苍蝇馆子就是指店面小、卫生条件一般但是饭菜极其美味的餐馆。这种餐馆在成都形成了独特的苍蝇馆子文化。整个成都有至少七十家杂志是靠评选"成都市苍蝇馆子五十强"养活自己的，这些杂志社的编辑每年从春节开始就挨家挨户吃下去，一直吃到年末，然后敷衍出一篇挟带私货的调研报告，评出"苍蝇馆子五十强"。虽然其公正性值得怀疑，但是如果一家餐馆在每篇杂志的评选中都得以入围，那么此餐馆一定有真材实料。

　　电信路就有一家年年都入围"苍蝇馆子五十强"的肥肠粉店。如何形容这家肥肠粉店和小刘的关系呢？如果说肥肠可以进化出自我意识，那么它们就是看着小刘长大的。

　　小刘在电信路生活了十六年，其中有四年都是独居。这四年来，他每天的早饭就是一碗肥肠粉。在那些日子里，岁月无声，肥肠静好，小刘在店里的累计消费所缴纳的营业税足以修建一所小学。当然如你所知，这种苍蝇馆子是不怎么纳税的，你若不信可以试着去店里索要发票，服务员还未来得及回应，你身边的食客们就会用一种"大家快来，这里有傻×"的眼神奔走相告，生怕你跑了。

　　这就是电信路的魅力。当然，电信路更大的魅力在于它的群众智慧。譬如这家肥肠粉店的老板老胡就同时经营着一家卡拉OK，他解释说这是一种风险管理。他说男人无非就两个爱好，要么爱吃，要么爱玩。当有人来收保护费或有人来找麻烦的时候，他要么就用加了20个结子（猪小肠）的肥肠粉招待他们，要么就带他们去卡拉OK。这么多年下来，此法屡试不爽。他说这是他在财经节目里学到的妙招：分仓操作，平衡风险。

　　电信路的女居民们听闻了老胡的妙招后，纷纷回家去审问老公："你爱不爱吃肥肠粉？"老公们毫不犹豫地表示："爱吃！"然后女居民就小鸟依人地往老公身上一靠，说："老公你真好！"

　　女人就是这样，天生的线性思维，不懂变通。要知道这世上除了"爱吃肥肠粉但不爱去卡拉OK""爱去卡拉OK但不爱吃肥肠粉"这两个群体外，还存在"爱吃肥肠粉又爱去卡拉OK"的第三个群体。电信路的男人善于钻空子，一个个奸似鬼，当然，这里面不包括小刘。

　　巨蟹座的小刘是真正的肥肠粉爱好者，他从来不欺骗自己和生活。他心无旁骛，日复一日地吃着肥肠粉。他每次都点三两肥肠粉，要求多放辣椒油，再加三个结子，四年如一日，从无例外。有时老板都看不下去了，主动提出赠送他一次卡拉OK套餐，小刘摇头婉拒，表示自己一是年纪还小，二是如果有一天他吃不动肥肠粉了，就是他离开电信路的时候了。

　　独自生活的日子总是艰辛的，彼时还在读初中的小刘自力更生，在肥肠粉店里打工。从开始的洗碗、上菜，到后来当墩子（切菜工），他从来没有掩饰过自己对技术工种的渴望。但是老板老胡总是不允许他学习做肥肠粉，老胡说做出伟大的肥肠粉是需要生活的，你一个小屁孩，连卡拉OK都没去过，有个屁的生活。

　　老胡说在店里当学徒，必须从墩子干起，先练习翻肥肠和切肥肠，干满三年以后才能上灶台。于是小刘十二岁到十五岁的青春岁月都是在案板和洗肠池边度过，准确地说是翻过，至今他都不承认自己曾经是个墩子。"我那时是个工匠。"他强调。

　　所谓翻肥肠，即是在清洗肥肠时把肥肠翻面，将肠子里带有油脂（以及屎）的那一面翻出来，清洗干净。小刘说他一开始对这道工序嗤之以鼻，心想，不就跟洗袜子一样吗？正面洗完翻一面再洗，可老胡不这么认为。老胡视察厨房时手里总是拿着一根在隔壁烧烤店捡来的竹签，见谁犯了错误就用竹签扎谁的屁股，小刘在翻肥肠的那段日子，屁股都快被扎成筛子了。老胡恨铁不成钢地教育小刘，说："你不要把肥肠当成你的臭袜子，要把它当成一个小生命，肥肠是有生命的，它也有感情，有痛觉。你平时没事的时候在家翻过包皮吧？肥肠怎么翻，你明不明白？"

小刘到底是个聪明的孩子，他还是学会了如何柔和地翻肥肠。老胡惊喜地问他是如何悟到的，小刘反问老胡："你听说过幻肢吗？"老胡摇摇头。小刘说："我妈妈是医生，我小时候经常去医院玩，我发现许多因伤病截肢的病人仍然能够感到被切断的肢体的存在，且在该处发生疼痛或瘙痒。"

老胡恍然大悟，说："原来你产生了'幻皮'。"小刘点点头，说他在翻肥肠的时候甚至觉得全世界的肥肠都是自己的"幻皮"，他能感受到它们的痛楚。从那天开始，老胡就对小刘肃然起敬，他知道小刘是个能成大事的男孩。

就这样，小刘精通了翻肥肠之道，他成了整个电信路最好的墩子。老胡放心地把后厨交给了小刘统领，每天不再花十多个小时的时间待在肥肠粉店里，他把更多的精力放在了卡拉OK的经营上。

　　十五岁那年，小刘正式从后厨出师，老胡决定把做肥肠粉的本领倾囊相授。老胡说："我家肥肠粉有两个灵魂，一是肥肠本身，二是辣椒油。"他让小刘先从端平底锅练起，在平底锅里装满水，握住把手端半小时以锻炼腕力。半小时后老胡会检查锅里的水有没有洒出来，如果水位变低了，他就用竹签猛扎小刘的屁股。

　　小刘同时还要练习切干辣椒，将干辣椒细细切成辣椒面。每天早晨天还没亮，小刘就要像少林武僧练功那样先端半小时平底锅，再切半小时辣椒，完事后才能去上学。那几年的每个冬天，电信路早起的居民都能看见一个纤弱的少年泪流满面地在寒风中切着干辣椒，也不知眼泪是被呛出来的，还是想起了什么往事。老胡说肯定是呛出来的。

　　小刘起床端平底锅的时候，卡拉OK的大姐们刚下班，她们往往会来店里吃一碗肥肠粉当消夜，然后才回家休息。大姐们很是疼爱质朴上进的初中生小刘，她们看见老胡这样虐待他，纷纷为其抱不平。有一次小刘辣椒面切得不够细，老胡又用竹签扎其屁股，大姐们彻底怒了，上去对着老胡就是一顿挠，把老胡挠得逃出门外，店都不要了。小刘尴尬地站在店里，思考了一会儿，捡起一根竹签义无反顾地扎向自己的屁股。大姐们目瞪口呆，一把抓住他的手，说："小刘你这是干吗？"小刘说："你们不懂，这是程序正义，你们放开我，谁都不要过来。"

在那个平凡的冬日早晨，小刘给有着无尽生活的大姐们郑重地上了一课。这就是老胡肥肠粉店长盛不衰的奥秘所在——连一个墩子都如此严肃，从不欺骗生活和自己。

就在那天，大姐们挠跑了老胡，小刘只好亲自下厨，给大姐们做肥肠粉。这是小刘生平第一次主厨，他的作品得到了大姐们的交口称赞。大姐们夸他青出于蓝而胜于蓝，说从此以后电信路就有两个太阳了——老胡和小刘。而老胡这轮"老日"，完全可以告老还乡了。

电信路的"小日"小刘就这样冉冉升起，老胡顺应民意，把小刘提到了第一线。小刘从此告别了墩子生涯，成了一名真正的肥肠粉师傅。老胡甚至招了一个新墩子给小刘打下手，稚嫩的小刘勉做老成之状，学着老胡当年的模样教训着新来的墩子，说："翻肥肠最重要的是要温柔相待，你知道吗？"墩子点点头。小刘激动地说："我们找对人了，你就是为翻肥肠而生的。"

老胡已经很久不扎小刘的屁股了，他甘当甩手掌柜。小刘倒是成天扎墩子扎得风生水起，墩子经常在翻肥肠时心不在焉，艳羡地盯着卡拉OK的方向，小刘在身后抬手就是一扎，他指着肥肠和屎星告诉墩子："咱'肠人'没有自己的生活，因为这就是生活。"

墩子很不服气，他想自己比小刘还大几岁，小刘凭啥扎自己的屁股。小刘说："这样吧，咱俩比比翻肥肠，谁翻得慢谁挨扎。"结果当然是墩子完败，他目瞪口呆地看着小刘盆里翻得又快又干净的十多斤肥肠，一点屎星都没有，比舔出来的还干净。墩子极不情愿地撅起屁股迎接小刘的竹签，他愿赌服输。但是真正让他心服口服的是若干星期之后，他和一个洗碗工闲聊，洗碗工告诉了他小刘学翻肥肠的经历。

墩子从此对小刘佩服得五体投地，再无二心。他和其他员工一致认为，老胡也许有着更高超的技艺，但他毕竟是在实验的基础上才成为大师的，而小刘就像爱因斯坦，纯粹靠着思想实验就踏上了本领域的巅峰，小刘才是电信路的肥肠之神。

小刘十六岁那年，老胡出事了。警方的严打行动把电信路的卡拉OK一网打尽，老胡作为"龟公"被拘留了半年。卡拉OK的大姐们无家可归，被小刘仗义收留，他安排大姐们在店里当服务员打下手，没承想大姐们翻起肥肠来又准又狠，可谓歪打正着。这下电信路的男人们再也不用冒着风险去卡拉OK消费了，他们名正言顺地来到肥肠粉店和大姐谈心，他们的老婆路过店门口还不忘对同伴炫耀："你看我老公，他除了吃啥爱好都没有，真是个好男人。"

所以，虽然老胡不在，但肥肠粉店的生意依然红火如昔，唯一令小刘头疼的是要应付黑白两道，本来有两招可用，现在只剩下一招了。

电信路"肠事"的终章发生在2001年的7月。在那个闷热的夏夜，肥肠粉店里来了三个醉醺醺的文身大哥。当时墩子和大姐们都下班了，店里只剩小刘一人，他正准备打烊，但是大哥们执意要吃肥肠粉，扬言五分钟内做不好就把店给砸了。

十六岁的小刘哪儿见过这阵势？他一边烧水一边翻洗肥肠，手忙脚乱，汗出如浆，把水溅得满地都是。这时他只觉屁股一痛，回头看见一根竹签扎在自己的屁股上，竹签的另一端站着一个小老头，那是老胡，老胡回来了。"你慌啥，给我慢慢翻。"老胡说。

老胡苍老了许多，而且走路明显一瘸一拐，双腿成了罗圈腿，小刘记得他以前不是这样的，也不知这半年里老胡在看守所经历了什么。但是小刘一被扎屁股就像吃了定心丸一样，觉得天地间又只剩下自己和肥肠了。他长出了久违的"幻皮"，温柔地翻洗着肥肠，同时起油锅、烧蒜水，一切都那么有条不紊。老胡手执竹签，慈祥地站在他身后，心如止水，岁月静好，一如四年来的每一个夜晚。

只是这次老胡再也没有扎小刘的屁股，因为小刘的手艺已经炉火纯青。老胡看着小刘，就像看到了二十年前的自己，但那时的自己可没有这样的神技，老胡想。

小刘做好了三碗肥肠粉，正准备端出去，一直一言不发的老胡拦住了小刘，他说："往里面加两个结子。"小刘诧异又愤怒，说："为何要对坏人那么好？"——成都有一句老话："我喝酒，我吃结子，我知道我是好男孩。"所以坏人是不配吃结子的。但是老胡执意要小刘这么做：把两个结子加到其中两个碗里，剩下的一个碗里没有结子，然后让小刘端出去。小刘惴惴不安地问："没结子的那碗端给谁？"老胡闭上眼睛不再说话。

小刘战战兢兢地把肥肠粉端给了三位大哥，大哥们问为何只有两个结子，小刘只得撒谎，说店里就剩俩结子了。

出乎小刘意料的是，大哥们并没有为难他，反而产生了内讧。三个戴着大金链子的汉子为了两个结子吵了起来，谁都表示自己有吃结子的资格，各不相让。最后三人不欢而散，分道扬镳，看样子这事不会就此罢休。这不是结子的问题，而是尊严问题，一场血腥的内战即将开始。而那三碗肥肠粉连同两个结子分毫未动，小刘和老胡吃了个爽。

小刘夸老胡："姜还是老的辣！我怎么就想不出这么毒的计策？"老胡说："你没读过《晏子春秋》吧，这招叫作二'肠'杀三士。"

看来老胡在看守所里读了很多名著，读得腿都罗圈了，小刘想。

如果说过去只是迫于其淫威和高超厨艺才对他唯唯诺诺，经此一役后，小刘对老胡佩服得五体投地。小刘用筷子夹起一个结子，和老胡碰了一下，说："老胡，我敬你一肠，咱饭店不能没有你，你才是真正的肥肠之神。"

老胡淡然地笑了笑，那笑容极其复杂，有慈爱，有不舍。他告诉小刘，他这次并不是回来东山再起的，相反，他累了，干不动了，他准备把店盘出去，然后告老还乡。——老胡是双流白家人，那里是肥肠粉的发祥地。

老胡告诉目瞪口呆的小刘："要是你年长十岁，我会分文不收地把店送给你，只有你才有资格继承我的'肠业'。但是你才十六岁，你还得读书，念大学，离开这里吧，这里没了卡拉OK，从今往后也不再有肥肠。电信路从此没了生活，你需要去别处寻找你的生活，you gotta be a man（去成为一个男人）。"

小刘不相信，他认为老胡是在说气话，他一直认为老胡到死都不会离开这家小店，就像多年以后他看的纪录片《寿司之神》，男主角小野二郎即使死了也会变成一个捏寿司的丧尸。他们本是同一种人，所以老胡怎么会离开呢？

第二天起床，小刘一如既往地早早来到店里，准备打扫房间、起油锅做辣椒油，但他眼前只有紧闭的卷帘门，就和隔壁的卡拉OK一样，门上贴着"店铺转让"的字条。老胡真的走了，他再也没回来过。

电信路失去了它最伟大的儿子。

在同一天，电信路还失去了它最伟大的孙子。小刘打点起简单的行囊，远走高飞。他离开了电信路，两年后考到了北京念大学，离开了成都——这座肥肠之城。

没有了肥肠之神，成都从此不再是肥肠之城。

肥肠之神小刘在北京过得很好，我担心他吃不到肥肠，他不屑地给我发来微信，照片里是让人食指大动的肥肠火锅，他说他吃得满脑子都是肥肠，乐不思蜀了。

我明白这都是他自欺欺人，他人在北京，却在心里长出了一个"幻蜀"，他擅长这种东西。

2015年的7月，北京非常闷热，首都群众正在喜迎抗战胜利七十周年，而小刘离开电信路整整十四年了。在这个日子，我在北京和他重逢，我提出要吃肥肠粉，他亲自做的。小刘没有拒绝。

我喜出望外地表示："我去买菜，给你当跑腿的。"他摆摆手表示不用，他打开冰箱，我惊呆了：冻格里全是肥肠。小刘说他只是冻着，他不做。这种解释我上一次听到的时候，是我翻出了大学室友硬盘里的A片，他面对"赃物"镇定地告诉我，他下载了，但是不看，用来喂电脑。

自欺欺人有意思吗，小刘？你明明就放不下，从电信路出来的男人，从来不欺骗自己和生活。

1. 小刘将肥肠泡在温水里解冻，他说水温要维持在三十七度左右，和人体体温相当。我问为什么是这个温度，他说要把肥肠当成自己身体的一部分。

2. 待肥肠软化后，他开始翻洗，这还是我第一次观摩传奇的电信路翻肥肠，激动得都忘了拍照。小刘说翻肥肠的诀窍是加入细盐和白醋，细细揉搓，彻底去除大肠里的秽物和淋巴，同时能起到杀菌的作用。小刘介绍完之后就开始翻肥肠，他的手法轻柔，眼神暧昧，他就这么像入定了一样翻了半个小时，我怎么跟他说话他都不搭理我。我后来才知道，翻肥肠时是不能和人说话的，这是老胡定下的规矩，老胡说男人做三件事时一定要专注：进卡拉OK、开车、翻肥肠，尤其是翻肥肠。专注到什么程度呢？要把肥肠的脂肪翻到保留百分之三十三，多一点嫌油，少一点则太寡淡。小刘说他有一次保留了百分之三十五，被老胡手持竹签追到了天府广场，我不禁感叹，咱电信路男人真是严于律己，宽以待"肠"。

3. 翻洗好后把肥肠起盆沥干待用。然后将红薯粉条泡水，小刘说泡四十五分钟刚好，泡太久了就像人的皮肤一样，会起细微的皱褶，口感就不顺滑了。请注意，红薯粉一定要用细粉，我曾经用过宽粉做肥肠粉，小刘听说后差点和我绝交，说我太不讲究，没有一点生活，以后别说自己是成都男人。

4. 接下来就是和翻肥肠并列的最关键步骤——炼辣椒油。小刘说一定要用四川的辣椒面，其他地方的辣椒灵气不足，炼出来只有辣味，没有灵魂。

5. 准备好两粒八角、一片半香叶、半截桂皮、八十粒花椒和十六瓣大蒜。他说这分量是老胡在长期的实践中总结出来的，老胡甚至练就了闭着眼睛抓花椒粒都能精确抓出八十粒的神技，小刘说他还不行，每次盲抓的误差都在两粒左右，为此不知被老胡扎断过多少竹签。

6. 将大料放入油锅里，这里要用凉油，然后中火烧开。待油沸腾、大蒜颜色变焦黄时即可关火。我问小刘焦黄是多黄，他说f1df7d，我问他在说啥，他说这是颜色的代码。我说你是如何做到这么精确量化颜色的？他说当年学做辣椒油的时候不知因为蒜的颜色不正确挨过多少扎，后来他痛定思痛，在老胡进行示范的时候偷偷拍了张照，在电脑里用Photoshop的吸管功能定位大蒜的颜色，最终得出了这个精确的数值。他说令他震惊的是，老胡每次烧油，大蒜变色后的数值都是f1df7d，从未改变。老胡对于小刘这种投机取巧的做法嗤之以鼻，说当年他们没有电脑没有相机，唯一的高科技手段就是竹签，用来扎屁股，愣是这样被师傅扎出了登峰造极的技术。他当年当学徒时，光是炼大料就学了整整五年，而小刘只用了三个月。时代变了，工匠终会绝迹，老胡感叹。

小刘回忆说，正是在知道他用Photoshop量化大蒜颜色的那天，老胡萌生了退意，只是一直舍不得卡拉OK才留在了电信路。我感叹道，Photoshop不仅改变了女人，还改变了成都的肥肠史，这真是一款注定将被载入史册的软件。

7. 关火后用漏勺将大料捞起，我看见小刘边捞边晃勺，手法沉稳，幅度均匀。我以为我的"一师无影铲"遇到对手了，紧张地问小刘，这是什么手法？小刘说他最近酒喝多了，植物神经有点紊乱，手老抖。

8. 待油温稍微冷却，将三分之一的油倒入辣椒面里，这时的油温在七十度左右，不能超过这个温度，不然辣椒面会被烧煳，也不能低于七十度，不然浇不出辣椒面的香味。边浇油边用勺子逆时针搅拌辣椒面，让辣椒面和菜油充分混合。

　　我问小刘为何只能逆时针搅拌，小刘说："你听说过科里奥利力吗？这是要和北半球的地球自转方向保持一致，反之则会因为地球自转的偏向力导致力度不均。"我问他老胡还懂这个？他说不，老胡没学过物理，这是他自己发明的搅拌手法，当时为了纪念被关在看守所里的老胡，他给这招起名叫"龟公拌"。

　　我问小刘需要"龟公拌"多久，小刘说六分钟左右，然后加入白芝麻再拌两分钟。接下来将锅里剩下的油二次加热到50度左右，将之全部倒入辣椒面里，再拌五分钟。我问小刘为何菜油要分两次倒入辣椒面里，为何不一次倒完？他说第一次用七十度的高温菜油让辣椒微焦出味，但如果倒入太多，辣椒就会煳掉。我注意到小刘在进行这个步骤的时候屁股总是夹得很紧，感觉那是一种条件反射，当年在做辣椒油时不知被扎过多少次，小刘果然是一个要辣椒不要屁股的男人。

　　小刘说等辣椒油冷却到室温时其香味方能完全散发，千万不要趁热吃。趁热吃辣椒油的男人明显不懂生活，不可嫁。

　　在等待辣椒油冷却时可以准备调料碗，我自告奋勇地当了一回墩子，我的刀工一向狂野，小刘说如果我去老胡的店里只能拉卷帘门，连给墩子递菜刀的资格都没有。

9. 由于这次没有买到芹菜，只能用西芹代替。

豆芽也是做肥肠粉的必备单品。

10. 在锅里的肥肠中加入盐、白糖、少许酱油、大料和白酒煮熟，捞起后用煮过肥肠的锅煮红薯粉，让肥肠的香味彻底融入粉条里。然后把煮好的肥肠和粉条都加入到调料碗里，放入一勺煮过肥肠的汤，最后在碗里加入辣椒油，辣椒油的多少依个人口味而定。我的辣椒油要加得多一些，小刘因为屁股不好，所以加得很少。

11. 最后加入豆芽、西芹，再按照个人喜好加入小葱等佐料。我不大喜欢吃葱，而小刘则旁若无人地把所有的葱都倒进了自己碗里。我问小刘为何那么爱吃葱，他说葱有刺激味觉器官的作用，能抑制人对味道的敏感性。我说你作为一个厨师，这样做不是自寻死路？他说不，和其他追求高超味觉的"凡夫俗厨"不一样，最好的肥肠粉厨师就是要无情阉割掉自己的味觉，全靠生活和情怀来掌控味道。

"你要掌控味道，而不是让味道掌控你，这才是厨师的最高境界。"小刘说。

我对境界不感兴趣，我闻着肥肠粉的极致香气急得抓耳挠腮，可小刘不让我吃，说要遵从程序正义，要摆好盘才能吃。于是我在小刘的严格要求之下，强忍着巨大的痛苦，一丝不苟地摆盘。小刘还让我戴上头带，我问他："这是为了防止头上的汗珠滴入碗里吗？"他说："不是，是因为你的发际线太高了，遮挡一下，厨师的形象也是很重要的。"

摆好盘后，剩下的辣椒油可以放入冰箱保存，这么大一钵辣椒油，够独居的小刘吃半年了。

当晚，我和小刘就着肥肠粉喝了不计其数的啤酒。小刘泪眼蒙眬，说他想老胡了。他说老胡曾经给他讲过，小时候的成都肥肠很贵，往往要攒两三个月的零花钱才能吃得上一碗肥肠粉。那时的人们更珍惜生活，不像现在，成都市至少有七千家肥肠粉餐馆，其中五百家都入选过"苍蝇馆子五十强"。成都不再是那个成都了，老胡说。所以他要回到双流，回到梦和生活开始的地方。

小刘说老胡走后，世间再无肠神。我说："你呢，你不也是群众评选出来的肠神吗？你会思想实验，会用Photoshop，还懂流体力学，这些老胡都不如你。"小刘笑笑，说自己只是个没有生活、没有灵魂的"肠鬼"罢了。

小刘夹起一块肥肠和我碰了一碰，说这一肠敬生活。"再见肥肠之神，再见青春。""肠鬼"小刘说。

You are a super hero

灵魂烧鹅饭

在我单位旁边有一家粤式大排档，主打烧鹅饭。我有时加班到深夜，会去这家大排档吃夜宵。这个时间段去店里消费的基本都是喝得连自己姓什么都不知道了的酒客。颇令我不解的是，酒客们在店里异常安静，完全不似一个寻常成年醉酒男子应有的样子。他们只是默默地点菜，默默地吃下一份烧鹅饭，默默地吐，然后默默地埋单走人。据市井传言，早年曾经有在店里闹事的酒客，但是被老板用秘密武器镇压了，从此再无人敢在此造次。我问老板那是啥武器，老板陈朝阳不予理睬。群众交头接耳，说陈朝阳有一把霰弹枪，这就是广东人，惹不起。

我听后颇为激动，我那时还年轻，不像现在这么沉稳，正是看热闹不嫌事大的年纪。我花钱买通了饭店的墩子，问他如何才能看到陈朝阳用霰弹枪爆头。墩子说他来店里的时间不长，没见过老板的霰弹枪。他献上一计，说："你何不在店里酒后闹事，把老板惹毛了不就能见到霰弹枪了？"

我一听觉得此计甚毒，于是连续三个周末在陈朝阳的店里喝得烂醉，醒来后发现自己躺在墩子的行军床上，头痛欲裂。我激动地摸了摸脑袋，居然还在，然后才反应过来头痛是因为宿醉，而不是被霰弹枪爆了头。我失望至极，边吐边骂墩子："说好的霰弹枪呢？你这个骗子！"墩子委屈地说："我把床都让给你睡了，我骗你图啥？"

是啊，他骗我图啥？我也不知道。

到了第四周，陈朝阳再也不卖给我酒了，他嫌我老吐在店里，干脆把酒柜用铁链锁了起来。墩子心地善良，偷偷从厨房摸出了一瓶包装奇怪的白酒，说："凑合喝这个吧。"

我拧开瓶盖，一股玫瑰的幽香扑鼻而来，我问墩子："这能喝吗？"墩子说太能了，有一次打烊后，他想起有东西落在了店里，回去取的时候看见陈朝阳一个人在店里自斟自饮，喝的就是这种玫瑰酒，诡异的是，陈朝阳喝多后竟然蹲在地上开始走矮子步。

墩子生怕我不知道什么是矮子步，蹲在地上示范给我看，我说："这我知道，我们练泰拳时也经常走，又叫鸭子步，其实就是模仿家禽走路，能锻炼大腿和屁股的力量。"

墩子说："这种酒有一种说不出的魔力，也许喝完之后你就会丧失理智，做出不伦之举，那时老板不掏枪只怕镇不住你。"

我兴奋地抢过酒瓶，一饮而尽，然后我就不省人事了。当我醒来的时候，发现自己也蹲在地上开始走矮子步，眼前是一面硕大的穿衣镜，我看见镜子里的自己，吓得不轻。

我竟然变成了一只大鹅。

我不能接受，认为自己肯定是看错了。这不是镜子，而是透明的玻璃，大鹅只是在玻璃后方而已。我还是我，那个英俊的拳王。想到这里，我不禁爱怜地捏了捏自己的小脸。

我发现镜子里的大鹅也举起翅膀轻抚自己的鹅头，和我的动作频率完全一致。我蒙了，赶紧走位飘忽地迈了几段矮子步，想证明那不是镜面反射。结果我向东鹅也向东，我向西鹅也向西，这真的是一面镜子。

我真的成了一只大鹅。

我在惶恐之余又有一点激动，我早就知道大鹅的战斗力，三个南方成年男子加起来都不是对手。这下我成了一只大鹅，我发起怒来连自己都打。我转向一旁的墩子，他似笑非笑地看着我，这让我生气——你如果在乡间见过大鹅就会知道，它们就是这么易怒，不需要理由。于是我冲向墩子，将他啄翻在地，我疯狂地质问他为何骗我，陈朝阳根本就没有啥秘密武器。

墩子哭着告诉我："我没有骗你，你刚才对着镜子的时候，已经看到陈朝阳的秘密武器了。"他的惨叫声撕心裂肺，我猛然醒来，发现自己又躺在墩子的行军床上，这只是一个梦。

　　知道这是一个梦的我心情复杂，既欣慰我仍然保有人类的身份，又遗憾我没有成为一个万人敌。我打着玫瑰味的酒嗝，起床准备回家，却发觉自己的屁股撕裂般地疼痛。我那时虽然年轻，却也知道一些冷知识，我猛然觉得不对劲，大喊着："墩子你给我滚出来！"

　　还没喊完，我就看见墩子鼻青脸肿地在一旁怒视着我。

　　我问他怎么受伤了，他说："就是你打的，你疯了，你喝了这酒也开始走矮子步，还挥舞着小臂，跳起来用嘴咬我。"

　　我说："你撒谎，这压根不可能。"他说："怎么不可能，你一边咬我还一边说鹅语，说什么'油泥兔漏卖姘'。"他学给我听，听上去还挺像英语。

　　我说："我才不信你这些鬼话，你肯定是试图干什么坏事，然后被我揍了。"太可怕了，这个事实远比我变成一只鹅可怕。

　　这就是real world（现实世界），朋友们，很多时候人们宁愿喝醉，宁愿在荒诞的梦境里苟活一辈子，就是这个原因。现实世界太可怕了。

　　我逃离了大排档，径直去了派出所，我报案说饭馆的墩子试图对我干坏事。值班警察把墩子带上来，墩子却倒打一耙，说我变成了一只鹅，然后攻击他。

值班警察停止了记录，不屑地看了看我和墩子，连案都懒得立就把我俩轰出来了。我听见他跟另外一个警察交头接耳，问他知不知道什么是SM（虐恋），另一个警察说知道。值班警察说以前听说过玩角色扮演学狗的，没想到现在还有学鹅的。

我头也不回地走出了派出所，眼里满是屈辱的泪水。

既然监管部门靠不住，我只好通过自己的力量寻找真相，还自己一个清白。

在一个月黑风高的夜晚，我穿着一袭黑衣潜行至烧鹅馆，我要揭开玫瑰酒和陈朝阳武器的秘密。我怀疑那玫瑰酒里面有蒙汗药，准备偷一瓶回去找我在制药厂上班的同学化验成分。

我来到烧鹅馆门口时，卷帘门紧闭，但我分明听到室内有异动，还有人在说英语。

我绕到房屋侧面，从窗户朝里看，见到了这辈子最让我震惊的场景。

　　我看见八只大鹅以陈朝阳为中心围成了一个圈，正虚心好学地半蹲着，聆听陈朝阳的教诲。陈朝阳就像茅山道士一样，一只手拿着酒碗，嘴里念念有词，虽然我听不清他在念叨什么，但是看得出来他很动情。情到浓处，他举起酒碗先干为敬，还将空碗碗口朝下，向大鹅们示意他没有偷奸耍滑。

　　大鹅们躁了起来，估计是受陈朝阳的豪情感染，它们纷纷跃起两米那么高，同时叫个不停，意思是：老陈头，拿酒来！

　　陈朝阳从橱柜里掏出一瓶瓶身翠绿的白酒，我一看，这不正是我前几天喝过的玫瑰酒吗？只见他把酒倒进八个酒碗里，然后摆在地上，大鹅们一拥而上，将八碗酒喝了个底朝天。

　　酒后的陈朝阳和大鹅均变得十分感性，他们面色通红，彼此掏心掏肺。我听见陈朝阳告诉大鹅："我等下真的要把你们掏心掏肺了。"

　　那八只鹅指着西边，嘴里嘟囔着什么，面色悲壮。陈朝阳拍着胸脯表示："我办事，你们放心！"

　　一瓶酒喝完，大鹅们已经不省"鹅"事了，鹅肝毕竟就那么大一点，转氨酶太少，导致大鹅逢喝必醉，哪儿像陈朝阳这酒囊饭袋？

　　我看见陈朝阳从后厨拿出尖刀，朝醉倒在地的大鹅们步步逼近。我的心脏快跳出嗓子眼了，好你个陈朝阳，这酒里果然有蒙汗药。看来虽然步入了文明社会，我国这开黑店的手艺从未断绝，孙二娘要是泉下有知，肯定会从坟堆里爬出来称赞陈朝阳。

　　我盛怒之下，再也无法置身事外，我用力地敲打着窗户玻璃，大喊着："陈朝阳你这'鹅日'的，我们成都人虽然喝酒不行，但可以吐，虽然打架不行，但可以骂。人家大鹅对你以诚相待，你却这样偷奸耍滑，你还是不是男人！"

　　陈朝阳吓了一跳，定睛一看是我，这才颇为不情愿地收起屠刀，打开店门，请我进屋。我警惕地坐在靠门的座位，并且严词拒绝了陈朝阳递过来的一瓶啤酒，我告诉他："收起你的鬼蜮伎俩，你这店还想卖人肉不成？"

　　陈朝阳叹了一口气，说："你莫要误会我，我不是那种人，我给你讲讲我和鹅的故事吧。"

　　讲到这里，他突然改口说起四川话。原来他不是广东人，平日里说一口广东普通话只是为了显得更专业。陈朝阳说他小时候在成都旁边的县城温江长大，家里以开养鹅厂为生，厂子里常年有五百多只鹅苗，长大后百分之九十都销往成都的各大火锅店。

如你所知，成都人最爱吃的火锅食材之一便是鹅肠。生抠鹅肠，陈朝阳强调。所谓生抠，就是在大鹅还活着的时候将手伸进其肛门，精确地抓住直肠末端，然后像拔河一样将整副肠子从鹅的腹腔里拉扯出来，据说这样获取的鹅肠新鲜爽脆，口感上乘。而死鹅的肠子就差得远了，一般都被卖到重庆去。

我小时候常去养鹅厂玩耍，迎来一批又一批的鹅苗，我陪着它们长大，和它们一起嬉戏。我有时和小伙伴闹矛盾了，就跟他们约架，地点选在养鹅厂附近，然后趁父母不注意将我的鹅兵们偷偷放出。我一声令下，幼鹅们全体出动，小伙伴们就像看到了犹他盗龙，吓得连滚带爬，落荒而逃，从此再也不敢招惹我。我那时觉得自己就像一个大将军，率领着千军万"鹅"，在温江无人能敌。我还给手下的得力干将起了名字，有阿备、阿亮、阿羽、阿飞，还有几只北方来的鹅我给它们起名阿操、阿绍和阿布。

可好景不长，每当幼鹅成年后，它们就会无端消失，我知道它们是被卖去饭店和菜市场了，我能够理解，只是希望它们能死得有尊严一些。直到一年春节，我家的大客户请我们去他开的火锅店吃饭，在店里我听到一个熟悉的声音：后厨传来大鹅的惨叫，我听出那是我的阿云、阿超。

我不顾一切地奔向了厨房，看见了惨绝"鹅"寰的场面：阿云被一个一米八几的墩子踩着脖子踏在地上，墩子用剪刀对准鹅的屁股，熟练地插了进去，上下剪开，然后探入手指，抓住直肠就往外拉，一根一米多长的鹅肠就这样被拉了出来，热气腾腾。

阿云已经疼晕了过去，一旁笼子里的阿超发疯般地尖叫着，撕咬着铁笼，鹅嘴在铁丝网上磨得咔咔作响，听上去让人心里直发毛。

我比阿超还要愤怒，我扑向墩子，拼命撕咬着他的大腿。他一把将我按在地上，用剪刀捅向我的屁股，突然又停在半空，把我拎起来端详了半晌，说："他妈的，哪儿来的小孩子？我还以为是鹅呢，好险。"

我被吓得半死，饶是再怒也不敢逗留了，搞不好自己的肠子也要被掏出来。我冲出门，任父母怎么叫我也不回去，你能想象你朝夕相处的伙伴突然有一天被端上了饭桌供你涮食吗？而且是涮它的肠子。我做不到，所以我跑了。

从那以后，我跟父母的关系闹得很僵，我无法接受我看着长大的大鹅一只只死得那样凄惨。我央求他们不要把鹅销往火锅店，他们哪里肯依？他们教育我说，我的学费都是用鹅肠换来的，火锅店就是我的衣食父母。

我回到自己的卧室，数着书架上的课本，心想这都是用大鹅的肠子换来的。一本书就是一副肠子，等到我读完大学，半个成都的大鹅都会因为我被掴死。这书我没法念了。

从那时起，我就偷偷计划着离家出走。我一开始计划去欧洲勤工俭学，我认为那里是文明社会，人们"尊狗爱猫"，对动物比对自己爹还好。我想带几只鹅苗去欧洲，在那里它们能享受"爹妈"级别的待遇，能死得有尊严一些。结果朋友告诉我，欧洲人是不吃鹅肠子，但他们喜欢吃鹅肝。欧洲有很多大型养鹅厂，把鹅五花大绑关在笼子里，只有脑袋露在外面，然后撑开鹅嘴，常年在鹅喉咙里塞一个漏斗，每天无休止地灌入高热量食物，直到让它们吃成重度脂肪肝，那就是制作鹅肝酱的食材。

白人原来就是这样对待自己"爹妈"的，我惊出一身冷汗，心想这国不出也罢，可怜天下之大，竟没有鹅的容身之处！正当我绝望的时候，我的朋友给我指了一条明路。

"到广东去！"他告诉我，"那里是动物的天堂。"

到广东去！我立下远志。我"忍辱负重"念完高中，说什么也不肯参加高考。家里人拗不过我，同意我去广东打工。正好那时家里的养鹅厂效益每况愈下，他们也想让我去广东开辟销售渠道。

我自驾去了广东，此前我对该省的唯一印象，就是非典时食用果子狸的传说。对此我有点忐忑，我怕我的运鹅车还没到广州，就被狂野的当地人民连鹅带车一起吃了。

事实证明我的担心是多余的，我绕道佛山、东莞，一周后到达广州，一路上受到了热情洋溢的接待，让我乐不思蜀。到广州时我饿得头昏眼花，随便找了一家饭馆把车停在路边，想进去大吃一顿补充体力，毕竟这几天都没怎么顾得上吃。

我进店坐定，一眼就看到了菜单上的"鹅比饭"三个字，我想，完了，这下是把羊赶进了狼窝，广东人生抠"鹅比"，这比掏鹅肠可怕多了。我得赶紧撤退，不然我车上那几只母鹅将会死不瞑目。

就在这时，老板端上来一盘香气诱人的盖浇饭，米饭上面铺着一排烧得红艳诱人的鹅肉，还有翠绿的油菜和荷包蛋。老板说这就是"鹅比饭"，让我慢用。

我凝视着那排鹅肉，研究了足足五分钟，把老板看得莫名其妙，还以为我傻掉了。他问我："没事吧？"我说："我书是读得少，但我刚从东莞过来，你不要骗我，'鹅比'怎么会长这样？"

老板愣了半天，然后哈哈大笑，说："细路（广东方言，一般指小孩子），这是鹅腿上的肉，也就是鹅髀，简写成'鹅比'，不是指鹅的那个啦，你果然没读多少书。"

我得知不是生抠"鹅比"，顿时如释重负，毫不介意一个餐馆老板说我没文化，抱着盘子就开始狼吞虎咽。这烧鹅饭是我在成都从未吃过的美味，鹅皮的香脆、鹅肉的鲜美自不必提，连米饭也渗入了烧鹅的肉汁，就是光吃饭我都能大吃一斤。

我旁若无人地吃下了三份烧鹅饭，老板却没有露出讶异之情。他说他已经习惯了，从东莞回来的人都这样。我打着满是"鹅比"味的嗝，问老板怎么店里听不见鹅叫。据我所知，杀鹅时鹅会叫得比打雷还吓人。老板说广东人对鹅进行安乐死，不但给它们吃断头饭，还有送行酒，鹅喝完后酩酊大醉，杀起来就没有任何痛苦。

我感动得久久不能言语，老板不知就里，正准备转身离去，我却扑通一声给他跪下，说："收下我吧，师父，我想学做烧鹅饭，我是带着诚意来的，我车上就有鹅。"

老板说他听过带艺投师，还是第一次听说带鹅投师，他问我为什么要拜他为师，我原原本本地把我的故事讲给他听，最后告诉他，以后我家的鹅都要卖到广东来，分文不收，白送都行。

老板见我"诚贯金石"，便收我当了学徒。我欣喜若狂地打开货车车厢，招呼阿操、阿权和阿备下车，指着饭馆的厨房告诉它们："你们自由了！"

阿操、阿权和阿备迈着欢快的矮子步朝厨房奔去，那里没有专掏肛门的墩子，只有笑容可掬的广东男人，它们感觉来到了"天上鹅间"。

老板盯着我说："我要给你上的第一课，就是教你成为一个真正的男人。"我兴奋地问老板："要去东莞出差吗？我才从那里回来，有点累，不过一切以工作为重，我这就动身。"

老板说："你想到哪里去了，你坐下。"他示意厨师将我的"第一课"从厨房端出来，那是两盘烧鹅饭。

我想，原来这是在考验我的食量来着，我卷起袖管，松了皮带，正准备大吃一场，却发现盘子里的两只鹅不是别的：一只鹅眼珠子是绿的，那是阿权，另一只鹅翅膀长得几乎垂地，那是阿备。

我忍不住想拍案而起，却被老板一把按住，他说："吃了它们！否则你将永远无法成长。"

我含着眼泪吃下了阿权和阿备，吃下了我的兄弟，我的童年。我在一饭之间长大了。

最让我痛苦的是，它俩还挺好吃的。

我通过了这第一课，被老板正式纳为学徒。我从墩子和洗碗工做起，在后厨待了三个月的时间，每天起早贪黑，不辞辛劳。在这里我没有朋友，还好有我带来的最后一只大鹅阿操相伴，让我不至于没事就去东莞思考人生。我想，老板之所以没有杀掉阿操，估计就是为了让我在异乡有个伴吧，老板真是个好人。

三个月后，我从后厨出师，老板准备晋升我为"屠夫"。这三个月来我对"刀光血影"见惯不惊，早已不是那个"爱鹅如爹"的陈朝阳了，我麻木地问老板："杀哪只您尽管吩咐。"

老板让小工抬出一个笼子，笼子里的大鹅体形瘦小、其貌不扬，但是目光犀利，满脸帝王相。

那是我的阿操。

阿操帮我打过的架数不胜数，和一般大鹅不同的是它擅长智取，专门攻击小男孩的生殖器，为我立下战功无数。所以我在家里一直护着它，不让父母把它卖掉。它今年已经二十岁了，陪伴我从小学走到成人，从内陆走到海边，而我今天要杀了它。

老板说："杀了它，你就可以出师了。"

我知道我可以拒绝，但阿操终归要死，与其让英雄死于鼠辈之手，还不如被我亲手终结。我默默地磨着刀，不敢注视笼里的阿操，但阿操罕见地安静，不像其他大鹅在知晓自己命运的时候那般上蹿下跳。不愧是阿操！

我磨好了刀，然后让伙计给我拿一瓶白酒，我要隆重地给阿操送行。伙计递过来一瓶我没见过的白酒，打开后有玫瑰的芬芳。我问他这是什么酒，他说这是玫瑰露酒，广东人喜欢用这种酒来腌制肉类、去腥除膻，是制作烧鹅和叉烧的必备腌料。

我恍然大悟："原来你们的送行酒其实是用来腌它的，就好比杀人前先给人喝福尔马林，你们这安乐死没有诚意。"

也罢，喝什么我都陪你，阿操。我接过玫瑰露酒，倒在两个大碗里，将其中一碗放到阿操的笼子跟前，只见它埋头低酌，一吸而尽。

阿操生性多疑，这么多年来我无数次喂它，它总是慢吞吞地挑来拣去，有时还让它手下的大鹅替它品尝后才肯进食。而今天它如此干脆，仿佛通晓人性，知道这碗酒的性质。

我的眼泪夺眶而出，再也不忍看它，昂起头将我的酒干了下去。一股混着玫瑰香甜和白酒浓郁味道的液体从我的食道滑过，胃里一阵抽搐，我瞬间有了醉意。酒壮孬人胆，我提着杀鹅刀，从笼里抓起阿操就是一刀，锋利的刀刃抹过它纤细的脖颈，鲜血喷得我满脸都是。

阿操就这样死了。而我因为喝了酒，属于激情杀鹅，内疚感减轻了许多。阿操你放心，我会给你的父母养老送终的，等过完年就把它们接到广州来杀了。

当晚，饭店里一位中年顾客吃掉了阿操，他说他马上要去东莞，需要吃点滋补的食物，烧鹅正合他意。想到阿操死后还能去一趟东莞，我欣慰地醉倒在饭桌上。

当晚我做了很多梦，但梦的主角只有一个——阿操。在梦里它提着一把尖刀，而我被关在笼子里，我大叫着"放我出去，还我自由"，它冷酷地提起我，指着油锅告诉我：This is your freedom（这就是你的自由）。

我哭着醒来，分不清被窝里是冷汗还是尿，这个梦是如此真实而可怕，而更为可怕的事情还在后面。渐渐地，我发现了一个诡异的现象，只要我喝了玫瑰露酒，在喝醉后就会梦见自己变成大鹅，有时还会变成乳猪和仔鸭。我不是在和村民打架，就是在被厨师追杀。

我认为是广东这地方的风水不好，或者是由于当地人民太贪吃，被吃掉的动物怨气凝聚，导致我噩梦不断。我决定还是回到成都去，反正我已经学艺有成，完全可以回到家乡开一家烧鹅馆。

没承想我回到成都后仍会做同样的噩梦，虽然我已经习惯了，但还是百思不得其解，只得上网求助。后来我在一本历史书里找到了答案：古埃及人是最早用玫瑰酿酒的民族，他们笃信人在逝去之前喝一点玫瑰酒，死后就可以和活着的人交换灵魂。也就是说玫瑰酒成了死者和生者的沟通媒介，就像一根跨越时空的电话线。而两千多年后的广东人由于贪吃，误打误撞地发明了用玫瑰露酒腌制动物尸体以去腥的方法，当厨师喝下玫瑰露酒的时候，就能和当晚酒后死去的大鹅或者乳猪交换灵魂，把自己变成一只动物，感受它们的痛苦、恐惧和哀伤。

讲到这里，陈朝阳自顾自地喝下了一杯玫瑰露酒，他看着我，不再说话。而我已经明白了一切。原来我那天晚上之所以会变成大鹅，就是因为喝了玫瑰露酒，和店里死去的大鹅交换了灵魂，那个墩子并没有撒谎，他被我咬得鼻青脸肿，因为他就是杀鹅凶手，我这是替鹅报仇。

　　我瞬间就原谅了陈朝阳。我仅仅变了一次鹅，而他在饭店里的每个夜晚，都会和被他亲手所杀的大鹅交换灵魂，他的人生是何等艰辛！

　　"你为什么要这样做？你完全可以像一个普通的成都厨师那样把鹅掏死。就算你不忍心，想让鹅安乐死，你也犯不着自己喝下那玩意，然后步入噩梦。"我问陈朝阳。

　　"我喝多后干了什么我自己是不知道的，但店里的伙计知道。你知道我变成鹅后说得最多的一句话是什么吗？ You need to know my pain（你需要了解我的痛苦）。"陈朝阳说。

　　"原来这就是墩子指证我喝多了后说的鹅语，油泥兔漏卖姅。"我恍然大悟。这就是大鹅的心声，也是乳猪的心声，仔鸭的心声。

Walk my shoes, just to see（用我的眼，去发现）

What it's like, to be me（成为我是什么感觉）

I'll be you, let's trade shoes（交换灵魂，我变成你）

Just to see what I'd be like to（看看我究竟能不能）

Feel your pain, you feel mine（感受你的痛，你也感受我的痛）

Go inside each other's minds（深入彼此的灵魂中）

Just to see what we find（看看我们能发现什么）

Look at shit through each other's eyes（通过对方的眼睛看彼此的世界）

我正在感慨的时候，陈朝阳出手如电，将八只烂醉如泥的大鹅一一抹了脖子。我注意到他讲究地将八只鹅的鹅头对着同一个方向，我问他这是何故。他说大鹅死之前告诉他，大排档东边是一家鹅肠火锅店，不可让其面东而死，所以要让它们对着西方。我感动得说不出话，大鹅太刚烈了。

片刻后，陈朝阳端来一盘香味扑鼻的烧鹅饭，我狼吞虎咽，却感受不到时间的流逝，我觉得胃里空空如也，但又感觉不到饥饿的存在。盘里的鹅和座上的我，到底哪一个是鲜活的生命，哪一个是行尸走肉？我不知道。

我默默地和陈朝阳喝光了店里的玫瑰露酒，同他相顾无言。酒后的我和陈朝阳砸掉了东边的那家鹅肠火锅店，然后各自回家。当然这些事我都不记得，是陈朝阳告诉我的。陈朝阳说那个被我揍了之后怀恨在心的墩子第二天去派出所报案，说我俩砸店。警察调出模糊不清的监控视频，指着那两个气势汹汹的身影告诉墩子："你看清楚了，它们是蹲着走路的，这明明是两只大鹅。"

讲完了陈朝阳和大鹅的故事，接下来讲讲陈朝阳从广州习得的烧鹅饭。以下内容略微重口，慎读。

1. 理论上讲，烧鹅饭所用的应该是九十天以内的幼鹅，但是陈朝阳这种爱鹅人士拒绝宰杀未成年鹅，坚持要使用原本用于炖汤的大鹅。

于是我去北京团结湖菜市场预订了一只五斤重的成年大鹅，店家未经我同意就将大鹅砍成了块，本来我是打算整只大鹅一起烤的，现在只能分块烤了。更加令我痛心的是，我还没来得及喂大鹅玫瑰露酒，这下还怎么和它交换灵魂？

2. 我致电陈朝阳，试图亡羊补牢地寻找灵魂交换之法。他说："你在腌制的时候将鹅脑袋一起泡在酒里，如果这只大鹅还没死透，那么你仍然能够在事后和它交换其残余的灵魂。"所以我将鹅头也泡进了盆里。

3. 需要特别注意的是，万万不能让家里的其他生物不小心喝到这酒。陈朝阳告诉我，他曾经酒后失忆，爬到垃圾堆里去玩了一晚上，第二天早上被扭送到收容所。他事后分析，是一只蟑螂喝了他没用完的玫瑰露酒，然后和他交换了灵魂。所以，打开过的玫瑰露酒一定要密封好。

4. 将大鹅在盆里用盐、生抽、老抽、白糖、玫瑰露酒、五香粉、葱姜蒜末等调料腌制一小时，由于已经切块，所以腌制时间不必过长。对大鹅这种动物要温柔一点，除了用刷子，还要用手轻轻按摩，主要是对其进行安抚维稳，让鹅肉更加入味尚在其次。

5. 腌制一小时后，把鹅肉放到通风处风干，记得将葱姜蒜末等固体腌料清理干净，不然进了烤箱会被烤煳。

6．为了提高风干效率，可以用电吹风，但是记得用冷风，要是开热风的话估计还没开始烤呢大鹅就被吹熟了。

7．调制蜜汁，蜜汁的作用是让鹅皮口感清脆，用温水、蜂蜜和白醋调配即可。

8．将蜜汁均匀地刷在风干好的鹅肉上，然后就可以进烤箱了。

9．烤箱预热后，用二百五十度高火烤制七分钟，然后转一百八十度中火慢烤五分钟，由于用的是成年大鹅，且已切块，所以烤的时间切忌过长，不然烤出来的鹅肉会太老太干，口感太柴。

10．我毕竟没有陈朝阳浸淫多年的功力，加之做法投机取巧，欠缺真诚，所以做出来的烧鹅饭更像干锅鹅头，滋味有余而口感不足。当然，我志不在吃，而是满门心思期待着晚上的灵魂交换。

将那瓶玫瑰露酒喝完后，我进入了梦乡。在梦里我遇到了陈朝阳，那是小时候的他，他指着一个抢了他自行车的小混混，我迈着矮子步，杀气腾腾地扑了上去。

醒来后我已是泪流满面。陈朝阳，你知不知道你家的大鹅被卖到北京来了，它们临死前还在思念着你，思念着那些闪亮的时光。

You are a super hero

英雄的松茸
鸡饭

我的大学同学老陈是一个超级英雄，他在大学体育课上的一千米体能测试竟跑进了三分钟以内，平时没事就把教室里的饮水机桶拆下来练习推举，胸肌硬得能夹碎核桃。当然最骇人听闻的传说还是他在体检的时候把肺活量计吹坏了。那时的肺活量计还不是现在的电子测量仪，而是浮筒式的。群众眼睁睁地看着当时还是小陈的老陈把浮筒吹得在水里像海豚一样翻滚，然后啪的一声坏掉了。医生无可奈何地在表格里随手填上了一万毫升（要知道我当时的肺活量只有四千毫升）。从那以后，老陈甚至成了一个计量单位，比如某人的肺活量是五千毫升，那我们就说他的肺活量有半陈，某人一次能做二十个深蹲，则表明他的臀部只有零点二陈，因为老陈一次可以做一百个。

这就是备受景仰的老陈。我们一直认为他毕业以后应该去当侦察兵，或者去主演抗日神剧。他却出人意料地考进了某著名企业在国外的分公司，拿到了一个很多人都羡慕的铁饭碗。我不知道他是怎么通过面试的，不知道他是不是用吹气的方式把考场的门给关上了。总之他征服了考官，连专业知识都没问就被录取了，他自己分析，考官大概是把他当成了大神。

接下来一年里断断续续的联系，让我得知了他在国外生活的一些片段。比如和单位的同事打架，比如周末跑到深山中去挖松茸，因迷路差点饿死在山里，最后靠吃狼肉活了下来。总之，他在国外的生活一如既往地充满着张力，直到2008年3月。

在一次骚乱中，老陈和外界失去了联系。在大学QQ群里，大家坚定地认为老陈不会出事，因为他之于我们，一直是春哥之于中国和查克·诺里斯之于美国一般的存在。我们认为老陈就是和一面墙壁打网球，他也能打赢，没有他克服不了的困难。如果生活是一个战场，那么他就是战无不胜的秦将白起。这一次也一样，他一定会活着回来。

老陈果然又战胜了生活，两周后他毫发无损地回到了成都，只是这一次他不再是过去意气风发的模样，而是一脸的失魂落魄。他说骚乱开始后，公司的保安溜得比兔子还快，领导当即拍板由他和另一个年轻人小张来镇守金库。领导拿出两支霰弹枪，庄严地交给他和小张，说："公司的财产绝不能受到损失，你俩担子很重，死不得。"说完就躲回办公室反锁了房门，留下老陈和小张站在金库门口面面相觑。老陈打开枪膛，看到里面只有两发子弹，他问小张："这是给我们用来自杀的吗？"小张哭丧着脸说："我的枪里只有一发子弹，要是打偏了，连自杀都不行。"老陈一把搂过小张安慰他说："别怕，我可以用枪托把你砸死。"小张握住老陈的手，感动得说不出话来。

老陈说那天发生的事情让他永生难忘。他生平第一次畏缩了，别说只有两发子弹，就算有两百发，他也不敢打开门冲出去。门外遍地血污，门外火光冲天，门外的汽车成了废铁，门外的世界成了修罗地狱。而老陈和小张在门内沉默着。

　　群众听完他的讲述也沉默了，他们不敢相信这是当年如哥斯拉一般的老陈。群众交头接耳："原来老陈在网球比赛里是打不赢一面墙壁的。"他们终于明白关于老陈在深山中吃狼的传说也是假的，全是假的。他们甚至怀疑当年那个爆表的肺活量计，也是老陈为了吓他们和医生沆瀣一气搞的特技。群众至此盖棺论定，老陈之所以存活下来，不是因为他是超级英雄，而是因为暴徒没文化，不知道公司里有金库存在，他们甚至连公司的名字都不认识。是当地的基础教育救了老陈。

　　群众动摇了，人心涣散了，就像新浪微博上没有人相信我能打赢一只大鹅一样，老陈在2008年的春天威信扫地。

　　老陈辞掉了铁饭碗，默默地回到了成都。群众听说这个消息，除了"哦"一声以外，并没有更多的反应。在他们看来老陈是害怕了，因而当了一名逃兵。

　　老陈回成都仅仅一个月，汶川地震发生了。当时他正好在驱车前往广元的路上，沿途的落石把很多汽车都砸成了铁饼，但是老陈再一次死里逃生。

"老陈这狗日的，命真大。"群众总结道。他们就此推出了新的计量单位，经历一次大难不死，那你的生命力就增加半陈。比如灾难片主角的生命力都在五到十陈的置信区间内。还有一次，一位群众在家里打完蟑螂，上QQ群里来抱怨，说现在的蟑螂生命力太强，用开水烫都烫不死，少说也有好几百陈。

眼瞅着老陈的历史地位从查克·诺里斯降格成了几百分之一个偷油婆（蟑螂的别称），我心里一阵酸楚。

老陈因为有在金融行业工作的经历，回成都后顺利地进入了一家证券公司，从营业部投资顾问干起，五年后成了营业部的总经理。但是他的历史地位并未因此恢复，他和大家渐行渐远，唯独和我还保持联系。因为我也曾经历过生死，我清楚在死亡的威胁面前，人的大脑会怎样运作。所以我并不像其他群众那样对老陈在国外的行为嗤之以鼻，我认为老陈至少还端着一把只有两颗子弹的霰弹枪镇守了那么多天的金库，他虽然不是查克·诺里斯，但他也不是懦夫。

2007年我们大学毕业的时候，中国正经历A股历史上最大的一次牛市，也许这正是工科生老陈选择进入这个行业的原因。而八年后的今天，老陈终于又等到了证券市场的第二个春天。他在微信里跟我抱怨，这几天来营业部开户的大妈们把大厅的旋转门都挤坏了，他被困在营业部两天两夜出不去。老陈还是查克·诺里斯的时候也没做到过关上一扇旋转门，而大妈们做到了。

我问老陈："这两天两夜你和那些被困在营业厅里的大妈是如何共处的？你们饿了吃啥？"我很庆幸老陈现在是一个白领，换作当年连狼都吃的他，估计那些大妈现在已经变成屎了。

老陈说："你知道大妈的习性，她们就像鲨鱼一样不能静止下来，不然就会死掉。大妈们打开手机播放器，在营业厅里载歌载舞，掏出随身携带的扑克，打起了斗地主。有的大妈和几个受困大爷结成了患难之交，还有的大妈强行霸占了员工的电脑上网偷菜。"营业部成了老干部活动中心，而老陈则忙着维稳，好几个大妈的股票跌了，正跟营业部员工没完。她们声称就是旋转门把她们的财运给挡在了外面，门外的冲天牛气进不来，她们只能在门内眼睁睁地看着股价一路下行。

老陈耐心地给她们讲，牛市并不意味着所有的股票都会一直上涨，就像每年冬天南飞的百万候鸟，总有几只会到达不了目的地，可能是被人用枪打了下来，也可能是脑子不大好使迷路了。

大妈们合计了一下，认定老陈是在含沙射影地骂自己，她们蹦跳着拍打老陈的脑袋，说："你这龟儿子，你是在骂我们，你以为我们不知道？你个龟儿子不就是想说股票跌了是因为我们的脑壳不好使吗？老娘打死你个龟儿子。"

老陈被大妈追杀进了办公室，把房门反锁，大妈在外面拍打着，叫骂着。老陈不敢开门，想尿尿了只能尿在茶壶里。他突然体会到了当年公司领导的心情，原来领导当时躲在办公室里也不容易，人应该互相原谅。

大妈们虽然体力过人，但人是铁饭是钢，她们也会饿。到了饭点，跳广场舞的、打扑克的、偷菜的、搞黄昏恋的以及闹事的大妈突然同仇敌忾，她们目标一致地围住了老陈的办公室，把房门拍得震天响，怒吼着："陈××你这个龟儿子，老娘要吃饭！"

老陈这下愁坏了，他上哪儿去给那么多"嗷嗷待哺"的壮硕大妈弄饭吃？他只想脱得赤条条地冲出去，对大妈说："你们把我吃掉好了。"但是又怕大妈在吃掉自己之前先干点别的。他突然想起了储物柜里有几袋大米，原本是准备在月底发给员工当福利，这下总算找到了救命稻草。老陈回忆了一下战争片里的投降过程，小心翼翼地推开房门，把双手放在脑后，慢慢地走了出去。大妈们被他的举动感染，高喊着"缴米不杀"，一路押着老陈向仓库走去。

　　老陈拿出两袋大米回到了办公室，办公室里有电饭煲，他有时下班晚了就自己在办公室里煮点稀饭吃。他把米洗干净放进锅里，心想只让大妈们吃白饭也不大好。他想起了一些往事，叹息着打开储物柜，拿出了自己珍藏的两大盒松茸。那是老陈最喜爱的食材，是他一生中最光辉年华的见证。他当年就是为了采摘这玩意，差点死在了深山里，最后靠吃狼肉活了下来。

　　老陈用松茸和鸡枞菌给大妈们焖了一锅饭，大妈们吃完后对老陈进行了长时间的称赞，她们说看在老陈做饭手艺这么好的分上就饶过他扰乱股市的罪孽，人应该互相原谅。甚至有大妈问老陈缺不缺媳妇，说自己刚离异不久，女儿跟老陈差不多大，不知道老陈会不会介意当后爸。

　　老陈说他就这样用一锅饭进行了一次成功的维稳，这在我国证券行业历史上尚属首次。后来证券业协会的投资者保护培训专门请他去做了演讲，传达先进的行业经验。大家听完后纷纷表示，作为成都的证券从业者，要充分发扬这座"吃货"城市的朴素情怀，能用饭搞定的事情绝不用拳头处理，能下馆子协商的问题绝不上法庭解决。要向老陈同志学习。

　　我们大学班级QQ群再一次为老陈沸腾了，这一次他的形象终于扳回一城，他成了一个另类的英雄。群众说，古有帝王用美女进行维稳（比如貂蝉、王昭君），今有老陈用饭进行维稳，可谓殊途同归。大家纷纷表示为老陈感到骄傲，说他把当年欠国外人民的大爱给了成都大妈，可谓将功补过。人应该互相原谅，所以群众把原本已经被踢出QQ群的老陈重新拉了回来，叫嚷着让他请客吃饭，也要吃松茸饭，不能让大妈独享美味。

老陈拗不过大家，只得把群众请到了家里，用从国外带回来的松茸给大家做了一锅松茸鸡肉饭。这次他在自家厨房操作，食材很丰富，发挥起来游刃有余，群众吃得连连欢呼。而我的心思却不在吃上面，我为了严肃文学偷师学艺了一番，回来写下菜谱，以飨各位饭友和严肃文学爱好者。以下就是这道菜的做法：

1. 准备好简单的食材：洗净泡水后的松茸和鸡枞菌（我没有国外的松茸，专程去一家菌类火锅店强买的新鲜松茸和鸡枞菌），去皮的鸡腿肉（有少许脂肪无所谓，这样能带一点油气，更好）。

2. 把鸡腿肉切成条，用生抽腌制20分钟。这道工序老陈用的是手撕，鸡腿在他手里比餐巾纸还脆弱，我终于明白为啥当年群众都盼着他去主演抗日神剧了。

3. 用手将松茸撕成条，不要用刀切，那样松茸会沾染上金属的气味。我恶狠狠地撕着松茸，不得不承认它的手感真的很像黑丝，以至于我撕到后面根本停不下来，见啥撕啥，我家厨房被我弄得一片狼藉。

4. 将几种食材倒入锅里拌匀，然后加入酱油、砂糖、料酒和清水，搅拌均匀。这一步最好能加入日本料理用的刺身酱油，国内的酱油相对更咸。大火烧开后用小火进行煨煮，直到鸡肉煮熟（十分钟以内）。

5. 不要煮得太干，如果快干锅了记得再加入清水。关火后将汤汁滤出，倒进碗里。这是一碗香得快出人命的菌汤，千万要忍住你的食欲，它是焖饭的关键材料，喝不得。这道菜的烹饪者必须是老陈或者我这样的硬汉，寻常成年男子很难抗拒这种诱惑。

6. 把煮好的松茸、鸡枞菌，还有鸡肉盛到碗里待用。

7. 在电饭煲里放好大米，如果想吃软糯的米饭用糯米亦可。我这人习惯了说硬话，吃硬菜，所以选的是尿性（东北方言，形容一个人很厉害或有性格）的东北大米。把菌汤倒入电饭煲里，执行煮饭流程。

8. 米饭煮熟后，加入做好的食材，拌匀即可食用。这道松茸鸡枞菌鸡肉饭混合了菌类和鸡肉的香味，简直令人垂涎欲滴。连我这种平时严格控制碳水化合物摄入量的人都把一大碗米饭吃了个精光，那些饿了半天肚子的大妈为了这碗饭岂不是能够出卖灵魂？真不知那天她们是怎样报答老陈的，不敢想。

群众吃完老陈的松茸鸡饭，高呼老陈万岁，说当年的查克·诺里斯在美食界重生了。他们又一次定义了计量单位，提出"陈"应该是美味的量化标准。比如一碗正宗的兰州拉面的美味指数是零点三陈，一碗毛氏红烧肉是零点五陈，一家米其林三星餐厅的招牌菜也许能达到零点九九九九陈，但是只能无限接近，永远无法达到一陈。"陈"就是美食界的光速和绝对零度。老陈万岁！

群众这种运动式的拍马屁让老陈有些不适应，毕竟他年纪大了，且刚被恢复名誉，对于人生的大起大落有点吃不消。我拍着他的肩告诉他："你会习惯的，当年你曾被当作一个超级英雄，你不也默认了吗？"老陈不说话，他好像很在意我们对于往事的解读。

我说"那我们还是来聊聊美食吧。"我问老陈："这道菜你是怎么学会的，为什么会做出松茸鸡饭这么小众的菜品？"

老陈点了一根烟，幽幽地给我讲述了一个我未曾听闻的故事，就是那个毁掉他历史地位的传说的"下阕"。

　　老陈和同事们在分公司的大楼里被困得弹尽粮绝，食堂里连挂面都没有了。老陈和小张各怀心事，他们都拿不准对方会不会饿极了吃掉自己，或者向自己提出联手吃掉领导。小张看起来更害怕一些，因为老陈连狼都吃，还有啥干不出来的？所以他赶紧先发制人地告诉老陈："车库里有一辆防弹车，据说连火箭弹都轰不坏，我等下开那辆车出去给大家找吃的，你不要吃我。"（当然，最后那句"你不要吃我"是我根据情景进行的补遗。）

　　老陈拦住了小张，示意他回金库守着。老陈说："我去。"小张问："为什么？"

　　老陈淡淡地笑了笑，扬了扬手中的霰弹枪，说："我有两发子弹，你只有一发。"

　　老陈驾驶着防弹车冲出了公司大门，他横冲直撞，就像一个新手。街上除了血水和废墟空无一人，他从来没有过这么过瘾的驾乘感受。那支已经上膛的霰弹枪就放在副驾，但这次老陈并不打算自杀，他知道要是他回不去，公司里的人都得饿死。还有一种情况就是领导失踪了，小张还活着。总之都是人间惨剧。

　　老陈一路上幸运地没有遇到暴徒，他找到了一家当地人开的饭店，跟对方买了点米和肉，对方还搭了一箱松茸。老陈开着"押饭车"满载而归，开门的时候小张哭了。老陈说："哭什么，是不是以为再也见不到我了？我这不是回来了嘛，我可是查克·诺里斯，我怎么会死呢？"小张说："我不是以为再也见不到你了，是以为再也见不到饭了。"

这就是现在的年轻人，除了吃还知道什么?

总之，公司里剩下的同事和领导都靠这几袋大米存活了下来，老陈亲自下厨给大家煮饭，他把煮过松茸的汤随手倒进了电饭煲，没想到竟然出奇地美味，这就是这碗松茸饭的传奇身世。

老陈用一根烟的时间讲完了这个故事。我看着他的眼睛，这个故事和他深山中杀狼的传说一样，我不知道到底是真是假。可是真假真的那么重要吗?

老陈的QQ签名一直是"I want to be a hero in my mind（我想成为我心中的英雄）"。那是一首歌的歌词，歌名叫*A Special Kind of Hero*（《别样的英雄》）。

也许老陈就是这样一个别样的英雄，他不是神乎其神的super hero（超级英雄），他不能拯救世界，也不能在网球比赛里打赢一堵墙，他这辈子的高光时刻就是拯救了几个手无缚鸡之力的同事，喂饱了一群"如狼似虎"的大妈。但在我的心里，老陈就是个英雄。在同事、大妈和吃饱了的群众心里，老陈也是个英雄。群众关于老陈最新的传说是，他在煮饭比赛中击败了一个电饭煲。老陈真是史上最怪异的super hero。

所以这道松茸鸡饭的名字就叫"A Special Kind of Hero"，献给老陈，也献给每一个做过超级英雄梦的孩子，包括我自己。当然，我只有零点一陈。

浪漫的乱炖鱼汤

你喝过男人熬的鱼汤吗？我喝过，那是我兄弟杨若牛的手笔。他的鱼汤卖相并不好看，因为他创造性地加入了很多自以为滋补的食材，使这锅鱼汤长得有点像东北乱炖。但喝过的人都对其赞不绝口，包括我。

杨若牛说，做这道菜的时候要配上音乐才行，说罢，他用左手提着锅铲飞奔到客厅，用他肘关节无法弯曲的右手点开了音响，那是一首《我们这里还有鱼》。

"是不是你也和我一起在寻找，那种鱼只有幸福的人看得到。谁用爱去拥抱，它就在周围绕，陪你一直到老。"

在浪漫的歌声中，杨若牛把两条死生契阔的鲫鱼炖得稀烂，鱼汤的香味让我们坐立不安，我甚至三番五次潜入厨房去揭锅盖。杨若牛一把捂住砂锅，说："这是给我媳妇的，你们不要打它的主意。"他指着烤箱里的羊腰子，"那才是给你们吃的，你们这些粗人。"

杨若牛的右手在打篮球时摔骨折过，肘关节至今无法弯曲。在地铁上经常有中老年男性给他让座，或者让他坐在自己身上。但崇拜阿泰斯特的杨若牛拒绝承认自己是个残疾人，他仍然坚持用右手写字、运球。就连下厨也不例外，他的右手无论切菜还是掌勺，都应对无碍，虽然动作僵硬得有点像在跳机械舞。

　　我一直认为，料理的灵魂并不是食材或者调料，而是厨师。所以在详细介绍鱼汤之前，有必要讲讲杨若牛这个人，这有助于你们更深刻地认识这道鱼汤。

　　2001年的冬天，我和我的两个朋友一起去西岭雪山旅游，就是杜甫名句"窗含西岭千秋雪"的西岭，是成都周边唯一可以赏雪的地方。我当时已经有女朋友了，但我执意不带上她。杨若牛问我为啥，我说中国足球刚踢进了世界杯，美国的世贸大厦里还埋着人呢，世界太乱了，我没心思经营男女关系。事实上，那时的我比较腼腆，毕竟孤男寡女的，难免会遭遇一些棘手的问题。所以我决定还是把西岭雪山之行搞得纯洁一点，毕竟冬天是个浪漫的季节。那时的我，简直就跟《十七岁不哭》里的简宁一样青涩。十多年后，我的朋友在QQ上跟我说"简宁"找了个大波妹张馨予，我一边关掉"草榴社区"的窗口，一边叹着气对朋友说，童话里都是骗人的。

　　和我一起去西岭雪山的，是我的两个好哥们，其中一个就是杨若牛，他高大英俊，玉树临风，还是篮球二级运动员，被称作"武侯区流川枫"。但他对这个外号不屑一顾，他说他明明是"武侯区乔丹"。当时很多少女对杨若牛觊觎已久，恨不能以身相许，让他夜夜做新郎。她们为了杨若牛争风吃醋，互相进行人身攻击，甚至不惜杀敌一千自损八百，给杨若牛起了个恶毒的外号叫作"吸尘器"，意为暗恋他的女性都是尘土。我曾经好奇地询问其中一名少女："他要是吸尘器，你不也成了'尘'吗？"该少女无怨无悔，说自己"零落成泥碾作尘，只有香如故"。这是陆游《卜算子·咏梅》里的名句，若干年后，这个和梅花一样坚韧的少女果然成了杨若牛的女朋友，当然这是后话了。

高中的时候，杨若牛志向远大，立誓以后要学建筑，要去美国留学，着实没工夫去搭理那些"尘"。很多"尘"向我打听他去美国的目的，我想了想告诉她们："他要去重建世贸大厦。""尘"的眼里顿时春光灿烂，竖起大拇指说："他真是个浪漫的男人。"

其实杨若牛并不浪漫，他醉心学习，油盐不进，就算全天下浪漫的人都死光了，杨若牛也会皮坚肉厚地活下去。试举一例，我们高中物理老师是"文革"前复旦大学核物理专业的毕业生，却不知怎么跑来教中学物理。他每次在讲台上鼓捣实验仪器时我们都很害怕他会造出一个原子弹来。这个小老头还是个诡异的浪漫主义者，开学第一天就给我们烧了三把火，其中一把是物理课迟到者，要在全班同学面前唱一首歌，方能进教室听讲。于是同学们翘首以盼，看看谁是第一个迟到的人，结果居然是杨若牛，他打完篮球去买矿泉水回来晚了。当着全班同学的面，他威武不能屈地在门口站了三十分钟，就是不开金口。眼看就快下课了，物理老师笑着告诉他："你这节课不唱，下次物理课继续站门口，啥时候唱了，啥时候回到座位！"杨若牛听后泄气了，他权衡了一下利弊，然后示意大家做好准备，他要唱歌了。他竟然荒腔走板地唱了一首

《ABC之歌》："ABCDEFG, HIJKLMN, OPQ, RST, UVWXYZ, XYZ, now you see, I can say my ABC."而且我用我的人格保证，他是用四川话唱的，谁要是不信我可以用四川话翻唱给你听。我后来才知道，杨若牛根本不听任何流行歌曲，而且天生五音不全，能唱成这样，已经算超水平发挥了。当时全班男同学一片爆笑，而女同学却纷纷崇拜地点评道："杨若牛身陷囹圄却不失风趣，真是个谜一样的男子。"

言归正传，我和这个谜一样的男子一起乘坐大巴来到了西岭雪山。我们爬山，我们滑雪，我们在雪地里玩煤球。没有酒，没有钱，没有女人，我们也能那么开心，十七岁真是个美好的年纪。当晚我们入住了西岭雪山四大酒店之一的樱花酒店，西岭雪山的四大酒店是"枫叶""樱花""杜鹃"和"阳光"，我们之所以选择樱花，纯属听信了另一位同行朋友陈朝阳的"谗言"。他说樱花这个名字听起来很有日本的味道，再加上西岭雪山以温泉著称，难免让人想入非非。我当场拒绝，我现在是有家室的人了，不能想入非非。

陈朝阳"无妻一身轻"，执意要入住樱花酒店。他决定团结大多数，于是向杨若牛许诺："你要是同意入住樱花酒店，我就教你一首流行歌曲《我们这里还有鱼》。"那个年代，谢霆锋红得发紫，这首《我们这里还有鱼》可谓街知巷闻。陈朝阳对杨若牛说："你学会了以后也算'色艺双全'了，下次物理课再迟到，你就可以让大家刮目相看。"

于是杨若牛便投了赞成票，说樱花酒店这名字一听就很浪漫，我们都是十七岁的人了，要学着浪漫一点，别成天就知道玩煤球。他说完就搭着陈朝阳的肩，走进了樱花酒店，我只好悻悻地跟了进去。

我们入住后才发现这酒店不但没有让人想入非非的玩意，而且连空调也没有，室外的热水管道被落下的积雪砸断，暖气也停了。更可怕的是停水了，尿尿都只能用暖壶里的水冲厕。陈朝阳摸了摸自己的屁股，说他要大便，我一把攥住他的皮带，生生将他拖出厕所，拖出房门，指着走廊上的公厕说："去那儿。"陈朝阳抱怨说拉个屎都要长途跋涉，我冷笑着反唇相讥："是谁非要住这家酒店的？这就是你强奸民意的恶果！"我指了指公厕，"你自己去把这恶果吞下吧！"

更强奸民意的事情是酒店晚上竟然把大门锁上了，估计是保安去和女服务员谈理想了，擅自脱岗，把大门一锁了事。我们没法出门，只能在房间里自娱自乐。那个年代没有智能手机，为了排解酒店里的无聊时光，我们出游时通常带上PlayStation（家用电视游戏机）和便携式DVD机，以及不计其数的小电影和恐怖片。家教甚严的杨若牛的成人礼就发生在这个夜晚，他从光碟盒里选了一张古装片，挥手示意我们到隔壁房间去。陈朝阳说："我还没教你《我们这里还有鱼》呢。"杨若牛说："我今天没有学习的欲望，下节物理课前再教不迟。"

于是我俩灰溜溜地去了另一个房间，用PS 2（PlayStation 2）放起了恐怖片《鬼来电》。这是一部优秀的恐怖片，把我吓得连洗澡都是和陈朝阳一起。洗澡时我兀自惊魂未定，肥皂三番五次掉在地上，我想着我们这么惨，而隔壁的杨若牛却"穷奢极欲"，生活他妈太不公平。于是我福至心灵，提议何不搞个恶作剧，教育一下杨若牛？《鬼来电》的剧情是主角接到了语音短信，发现来信者是自己的名字，打开后是自己的惨叫声，其实就是预告了数日后自己的死法。我决定也用相同的套路吓一吓杨若牛，谁叫他为了电影里的日本女人抛弃了我们。我找到杨若牛的手机，将他手机通讯录里我的姓名改成了"杨若牛"，并把他的手机短信铃声换成了《鬼来电》的主题铃声。等会儿只要用我的手机给他发短信，他就会听到和电影里一模一样的恐怖铃声，并且看见手机屏幕上出现自己的名字。陈朝阳听完我的方案后，爱怜地捏了捏我的小脸，夸我真是个才华横溢的男人。我谦虚地表示："奇技淫巧，奇技淫巧。"

陈朝阳得寸进尺地建议我们躲起来，等杨若牛看完古装片来房间找我俩时，再给他发短信，然后在暗处观察他生理上的大起大落。我有点担心这种交替刺激会不会给他造成什么后遗症，陈朝阳说："岂不闻'士兵平时即战时'？我这是在锤炼他。"

我们设置好了手机，开始就地寻找掩体准备隐蔽。陈朝阳迅速把自己裹进了窗帘里，我观察了半天，发现房间里已经没有我的藏身之所，陈朝阳指着衣柜示意我躲进去。我不假思索地钻了进去，当时我满脑子都是杨若牛被吓得屁滚尿流的画面，隐约觉得衣柜里有淡淡的异味，也浑不在意。不知过了多久，杨若牛仍然没有回来，我压低嗓音问陈朝阳："杨若牛是不是识破了我们的毒计？"陈朝阳胸有成竹地回答："不可能，这条毒计之毒，哪怕是诸葛亮复生，也会中计。"

我只觉眼皮逐渐沉重，呼吸越发困难，我心想，杨若牛这成人礼实在有些冗长。我的思路慢慢混沌，意识渐渐模糊，胸闷气滞，几欲晕厥，觉得有些不妙，是不是衣柜里氧气不足，我陷入了窒息？但我转念又幸灾乐祸地想道：要是我闷死在了衣柜里，那杨若牛岂不真的要被吓坏？

我在半梦半醒间，听见了一个五音不全的旋律，我觉得自己似乎身处一个深不见底的洞穴，远处有光源，光源处有一个天使在向我招手。我步履沉重地朝天使走去，他的笑容无比熟悉，阳光又俏皮。他挥舞着手中的魔棒，像一个指挥家，然后他轻启朱唇，对我吟唱道：

"是不是你也和我一起在寻找，那种鱼只有幸福的人看得到。谁用爱去拥抱，它就在周围绕，陪你一直到老。"

这声音一如既往地荒腔走板，但当时在我听来，简直宛如仙乐。我好像看到了一群五颜六色的鲫鱼在我身边游来游去，水里还漂浮着姜和葱。我被饿醒了，睁开眼，看见杨若牛坐在我床前，正目光深邃地看着我。

我问道："你的……？"

杨若牛淡然地回答："国破山河在。"

我欣慰地笑了，却突然发现他变得鼻青脸肿，脸上黑乎乎的，像是刚摇完煤球出来。我惊讶地问他发生了什么，陈朝阳抢着答道："你先别说话，听我慢慢道来。"

他说刚才我藏身的衣柜是新购置的家具，里面竟然充斥着甲醛，我险些就一命呜呼，幸亏他们发现了我情况不妙，将我救了出来，所以我甲醛中毒并不严重。

杨若牛想打120急救，但是又觉得医生恐怕会认为是他蓄意谋杀。一个人怎么会吃饱了没事干把自己关进衣柜里？他和陈朝阳跳进黄河也洗不清。于是他俩一合计，自己当起了赤脚医生，陈朝阳回忆起教物理课的小老头讲过对付室内甲醛气体的方法，就是用活性炭进行吸附，他灵机一动，说景区为了防滑，在雪地里撒了很多小煤球，这岂不是现成的活性炭？！可惜这狗日的酒店晚上居然把大门锁了，出不去啊。

杨若牛说："你看我的。"他走到了酒店二楼阳台，看着半夜雪地里熙熙攘攘、迎着月光赏着雪景的群众，他的胸中有暗流涌动。他深吸一口气，奋起英雄怒，对着雪地里的群众怒吼道："你们这群瓜娃子！"

群众勃然大怒，一边回骂，一边在夜色里四处寻找着骂人者的踪影。他们用四川话四处询问："哪个龟儿子骂的？哪个龟儿子骂的？"

杨若牛挥动手臂蹦跳着回应："是他妈的我！是他妈的我！"

群众看见了二楼阳台上活蹦乱跳的杨若牛，狂怒，骂着脏话拥向樱花酒店。发现大门紧锁后他们并未气馁，在一位狗头军师的指挥下，纷纷拾起地上乒乓球大小的煤球，向酒店二楼的杨若牛掷去。一些群众扔出煤球后甚至就地卧倒，大概是入戏太深，以为自己扔的是手榴弹。杨若牛不闪不避，因为他需要更多的煤球，他在"枪林弹雨"中谈笑风生，时不时还捡起一两个煤球，用他篮球二级运动员的膂力进行防守反击，把几名群众打得抱头鼠窜。

双方互有攻守，大概进行了一首诗的时间。杨若牛突然举手投降，大喊道："不打了，不打了，我要回去当赤脚医生了！"群众惊诧莫名，眼睁睁看着杨若牛脱下外套包起满阳台的煤球，眉开眼笑地冲了回去，消失在他们的视野里，风中还回荡着他得意扬扬的歌声："XYZ, now you see, I can say my ABC……"

凭着这招"草船借箭",杨若牛把数十斤重的煤球铺满了房间的每个角落,我看见我的枕头旁边都堆满了煤球。我仿佛是遭遇事故的矿工,杨若牛满面煤灰,风尘仆仆,就像是奋不顾身救我于危难的工友。他握着我的手给我唱着谢霆锋的《我们这里还有鱼》,他说是陈朝阳刚教他的,他这是现学现卖,要是五音不全还请我原谅。

我告诉他:"这是我这辈子听过最动听的流行歌曲。"

"谢霆锋可以改行去拍电影了。"陈朝阳补充说明。

后来小谢不知是不是听了杨若牛唱的《我们这里还有鱼》,真的淡出歌坛,去拍电影了。他舍生忘死,打得自己都面瘫了,终于在前年拿到了金像奖。他站在领奖台上,看着台下疯狂的观众,在人群里却找不到黄大炜和游鸿明。他们是《我们这里还有鱼》的合唱者,十多年前,青涩的他们曾经抱着木吉他坐在地上,没心没肺地又笑又唱,而现在的他们又在哪里?

我的病情迅速好转,在杨、陈二人的陪伴下回到了成都。走之前不忘跟酒店算总账,这帮奸商不仅不承担我的医药费,还责怪我们弄脏了房间。

"你们是摇煤球的吗？干吗往房间里捡煤球？"前台的工作人员阴阳怪气地问道。

"你们这破酒店没有暖气，连水也停了，半夜还锁大门，就这样也挂牌二星？信不信老子叫人了？"陈朝阳摆出了流氓嘴脸。

杨若牛示意我们不用浪费时间，让我们先走，他最后跟工作人员总结道："你这个瓜娃子。"

开学后的物理课，杨若牛又一次迟到，站在讲台上大开大合地唱出那首《我们这里还有鱼》，男同学们笑得前仰后合，女同学们谄媚地赞叹道："能把《我们这里还有鱼》唱出信天游的味道，真是个谜一样的男子。"

而我却觉得这歌声无比浪漫，以至于我全身的每一个细胞都如沐春风。可惜我的思绪被身后几名男群众的淫笑声打断，我回过头去，凶狠地对他们说："你们这些瓜娃子。"

男群众吓得目瞪口呆，陈朝阳在一旁不失时机地摆出流氓嘴脸："你们再笑，信不信老子叫人了？"

两年后的2004年，我们大一。顶天立地的杨若牛大病一场，住进了医院。他患上了气胸，胸口插满了管子，将肺里破裂的肺泡液体抽出体外。我站在他的病床前，想给他唱一首歌，我自诩武侯区歌艺第一，张了张嘴却无法开口。那个在篮球场上"飞天遁地"的杨若牛，那个在漫天煤球中睥睨众生的杨若牛，此刻轰然倒下，我却当不了赤脚医生，无法治愈他胸口永远的伤痕。我只能买一束鲜花放在他床头，回报他当年在我的床头铺满煤球。我看了看床边他的女友，紧张地问他这病会不会有啥后遗症，会不会影响他们的男女关系。他笑着说没事。

我受他的豪情感染，情不自禁地摸了摸自己的大好河山。年轻真好，我感叹道。

杨若牛后来果真去了美国，到了佛罗里达，那个骄阳似火、海滩如画的地方，他成了一名建筑家。他说他要给倒塌的世贸大厦重塑河山，他要做一个浪漫的男人。

当然，我不会忘记当年在他病床前守候着的那个瘦弱的女孩，她就是当年的梅花少女，现在的杨若牛夫人。我至今仍记得他们在KTV合唱《我们这里还有鱼》，杨若牛一如既往地荒腔走板，而梅花少女的眼里却满是诗情画意。

而我和十七岁那年的女友分手已很多年，甚至连她的长相，由于我吸入甲醛过多影响了智力，也有些记不清了。

但我对吃方面的事情记得很清楚，我毕竟是个吃货。我记得在病房里，梅花少女每天都要给杨若牛熬一大保温壶的鲫鱼汤，她说她掂量了一下杨若牛的饭量，放了五条鲫鱼。那段时间武侯区的水产品倒了大霉，菜市场的淡水鱼们连交配的心情都没了，它们说孩子生下来也会被梅花少女的男人吃了，还不如不生。

梅花少女打开保温壶，把鱼汤倒在小碗里，整个病房顿时充满香味，邻床的病人被折磨得痛不欲生，纷纷对梅花少女感叹"恨不相逢未娶时"。我当时就知道，要破坏婚姻关系和社会稳定，只需去医院送吃的就行了。杨若牛在病友和我的艳羡下旁若无人地喝完了一整壶鱼汤，还不忘吧唧吧唧嘴，再打一个心满意足的长嗝。就这样一直喝到出院，他的气胸可以说是被鱼汤治好的，梅花少女用厨艺救死扶伤，就像我现在用菜谱救国一样伟大。

这并不是这个鱼汤故事的结尾。2014年，梅花少女在佛罗里达怀孕了，从她怀孕到坐月子，杨若牛跑遍了整个佛罗里达州，想用同样的方式给她熬鱼汤补身体。他先是出海钓鱼，但海鱼不适合熬汤。他听闻美国人引进了中国的淡水鱼用于治理水藻，防止水藻破坏生态，便驱车去当地河流垂钓。钓起来才发现因为美国人嫌刺多不吃淡水鱼，河里的鲫鱼都快长成奔波儿灞了，没法下锅。

杨若牛打来越洋电话，语气焦躁，说他们佛罗里达大学的沼泽里有鳄鱼和王八，惹急了他去抓几只王八给媳妇炖汤。我毕竟从小就是个投机取巧的男人，我建议他去当地中餐馆看看有没有鲫鱼卖。他去了，然后喜出望外地跟我汇报，还真有。他买了很多鲫鱼回家，自己试着下厨，做出的鱼汤和他的歌声一样荒腔走板。他竟然把各种各样的食材加到鱼汤里进行乱炖，有香菇，有玉兰片，还有番茄，他说甚至可以加入羊肉。我问他可不可以加入羊腰子，他嫌弃地说："你这个粗人！"

其实他自己也未必细到哪儿去，我深深地怀疑他的鱼汤能否入口，直到在他回国后，我在他家对其鱼汤进行了一番品鉴，也就是本文开头那一幕。虽然杨若牛像镇守私房钱一样死命捂住砂锅，但我还是用了一条调虎离山的毒计。我告诉他："你媳妇在看你的手机。"半秒钟后杨若牛就像猎豹一样冲向了卧室。朋友们，在这里你们不要误会，杨若牛绝对是个好男人。但是如你所知，好男人也会看毛片，尤其是在妻子怀孕生产的时候，这就是杨若牛放弃鱼汤去守护手机的原因。我这条毒计之毒，甚至超过了当年在西岭雪山用《鬼来电》吓他。我一边揭开砂锅锅盖，一边赞叹着捏了捏自己的小脸。

揭开锅盖后我激动得不能自已，差点把自己的脸都捏肿了，太香了，要不是我还有点自制力，他媳妇那天就没有鱼汤可喝了。虽然卖相不太好看，但是各种食材在奶白色的鱼汤里"济济一堂"，各司其职，把自己的剩余价值全部拿了出来，奉献给了伟大的爱情。

我把鱼汤还给了他媳妇，杨若牛虽然发现被我骗了，但是媳妇在侧，他也不好发作。俩人虚伪地推让了一番，然后将鱼汤三七分，喝了个精光。我不忍看他俩吧唧嘴，大步迈出卧室，和朋友们一起吃完了那盘烤羊腰子。那才是属于我们这些粗人的食物。

当天晚上陈朝阳喝高了，他给我讲述了一个我从未听闻的故事。

当年在我吸入甲醛昏迷不醒的时候，被杨若牛的"草船借箭"愚弄了的群众怒不可遏，他们打上门来，逼迫酒店打开了紧锁的大门，满酒店寻找杨若牛。杨若牛只得躲进了厕所的隔间里，但因为酒店停水，他无法洗干净手上的煤灰。

愤怒的群众终于在隔间揪出了杨若牛，他们说："就是你这龟儿子干的，你骂我们瓜娃子，还用煤球打我们，老子还摔了一跤，屁股都摔肿了，你看我的屁股，你看你看。"

杨若牛矢口否认，说："你们认错人了。"群众说："那你伸出手来。"杨若牛伸出双手，干净得就像刚用刷子刷过，没有一点摸过煤球的迹象。群众傻眼了，但他们当中一名狗头军师仍不放弃，他梳理了一下案情，问杨若牛："这酒店停水了，既然你是在上厕所，为啥坑里那么干净？"杨若牛说："我是在尿尿。"狗头军师步步紧逼，说："请你自证你刚才尿过尿。"杨若牛毫不犹豫地脱下了裤子，在众目睽睽之下，痛苦地闭上眼睛，咿咿呀呀了半天，他对狗头军师说："你看，我完全尿不出来，因为我刚才已经尿完了。"

狗头军师满意地拍拍杨若牛的肩膀，说："那是我们错怪你了，兄弟，真对不住。"然后他带领着群众继续在酒店里扫荡，并最终把一个从厕所里出来的大叔捉拿归案。他们当时逼着大叔像杨若牛一样自证清白，而大叔估计是被群众吓尿了，尿得绵远悠长，所以被狗头军师认定为扔煤球的凶手。他指着大叔说："你明明上了厕所，为啥还有那么多尿？你肯定是在厕所里藏匿。"大叔说："我刚才把膀胱里的尿尿完了，现在这是我的原尿，直接从肾脏里出来的，我刚才被吓得走肾了！"群众哪里肯听？

杨若牛不忍直视，叹息着回到了房间，然后守护着我直到我醒来。

杨若牛告诉我，他这辈子唯一对不住的人就是那个大叔。但我只关心当年他的手是怎么弄干净的，他说是用唾液洗干净的。

我沉默了。我的内心深处并不相信这鬼话，人哪儿有那么多唾液？但我不想去深究。有些事，你永远不要去揭穿，那是别人藏得最深的秘密。

无论如何，他为我做出的牺牲，我无以为报。

我感动得连吃了三串他给我们烤的羊腰子，觉得和尿一样臊，但是无比浪漫。我想到那些浪漫又狂野的往事，禁不住热泪盈眶。杨若牛在物理课上用四川话唱英文歌，在西岭雪山和群众互掷煤球，在病床上告诉我他没事，在校园里冒着被鳄鱼咬的危险去给老婆钓王八。这些是我见过的、听过的最狂野的浪漫，一如我今天要做的这道菜。

它就是杨若牛的乱炖鱼汤。

1. 为了向残疾厨师杨若牛致敬，做饭前需用绷带将右手肘关节牢牢缠住，限制肘关节活动能力，以体会他坚韧不拔的精神。同时请将手机放在灶台旁，循环播放一首《我们这里还有鱼》。

2. 接下来准备食材，主食材是两条相依相偎的鲫鱼。我的鲫鱼买大了，买成了一对奔波儿灞和灞波儿奔，事实上并不需要那么大。辅料是提前泡好的香菇、木耳、玉兰片、老豆腐和去皮的西红柿。

3. 将奔波儿灞和灞波儿奔提前用盐腌制半小时，刷的时候记得温柔一点，别把人家的皮都刷掉了。

4. 煎鱼要用猪油，那样煎出的鱼更白，如果不吃猪油或者是穆斯林朋友，可以用其他油代替，比如牛油。曾经有四川的厨友给我发来私信，丧心病狂地问我能不能直接用辣椒油炒菜，我回复他："朋友你太尿性了。"

5. 将鱼下锅，煎至表面金黄，注意此时不要习惯性地使出无影铲，要保持鱼身的完整性。锅铲用来翻面就好。有人会提出，用颠锅来给鱼翻面岂不更好？请入戏一点，时刻谨记此时的你是个残疾厨师，你给我表演下直臂颠锅？还是老老实实用锅铲吧。

6. 将煎黄的鱼捞起，在锅里放入葱和姜爆炒。本来应该用大葱的葱白，可是当时我家只有小葱，委屈奔波儿灞老哥俩了。

7. 再将奔波儿灞和灞波儿奔放入锅中，煎制片刻后加入开水和少许料酒，用大火烧开，然后将锅里的鱼和汤汁一起倒入砂锅里，小火熬制。善于观察生活的朋友肯定已经发现了，我用的是烹饪毛氏红烧肉的那口无产阶级砂锅，今天用它来做这种小资产阶级的鱼汤，我兜里的人民币估计都气成冥钞了。

8. 香菇煮熟所需时间最长，所以按照香菇、玉兰片、木耳、豆腐、番茄片的顺序依次加入乱炖所用的食材。

9．将鱼熬制半小时，直到汤汁变得和牛奶一样白为止。这锅乱炖鱼汤就大功告成了。

这并不是卖相最好的鱼汤，但是它足够香，足够好吃。每一道菜都因为其背后的故事而被赋予各种意义或精神，这锅乱炖鱼汤伴随着杨若牛的狂野而生。梅花少女和我都知道，它比天下所有的鱼汤都浪漫。

当然，这种浪漫的食物并不适合我这种粗人，我给我奶奶吃了。我另外烤了一盘羊腰子，它和我才是绝配。

朋友们，这是我离开成都前的最后一道菜了，严肃厨艺的故事会继续下去，2015年将会成为严肃元年。我会在北京找个厨房，你们在每个饥饿和孤独的深夜，别忘了我们这里还有拳王。

我是我这辈子见过的最热爱面食的人，如果不是要控制热量摄入，我可以一天三顿都吃面。我每到一个城市出差，第一件事就是要去拜会当地名面，我甚至在新加坡的赌场都觍着脸点过面吃，每每回想起来都会难为情地捏捏自己的小脸。

通过吃面，我结识了很多面友，他们比酒友更纯粹，因为他们不会一觉醒来就忘了说过的话。比如我的面友老余。

老余今年已经五十五岁了，只比我父亲小一点，不过我还是叫他大哥，更多的时候称他老余。我认识他是在他的面馆里。老余是一名退伍军人，中等身材，浓眉大眼，长得很像朱时茂。军旅生涯让他落下了颈椎病，这一来就更像朱时茂了。

据老余自己说，他参加过对越自卫反击战，上过老山前线，还杀过人，而且是用刺刀捅死的。退伍后他拒绝了机关单位的工作，来成都开了这家小面馆。老余走路总是罗圈腿加外八字，每走一步都步履维艰，就像刚做完痔疮手术。他坐下的时候需要在椅子上垫上又厚又软的鸭绒坐垫。群众说那是因为他的屁股负过伤，被流弹的弹片击中，这是一个英雄的屁股。

老余是川东人，他的面馆专营重庆小面，而且只卖一种麻辣小面，没有任何肉臊子和浇头。每每食客流露出对五花肉或者猪大肠的渴望，老余就会瞪着眼睛骂回去，说没有肉，不吃滚！然后他会打着酒嗝跟大家解释："老子当年在猫耳洞里吃猪肉罐头吃得都快长成猪头了，当时最渴望的就是一碗素面。你们现在真是身在福中不知福。"

食客们说那就来一碗猪肉臊子，权当忆苦思甜。然后又被老余臭骂回去。

这就是老余面馆的三大特点：一、只卖素面。二、老板爱骂人。三、老板长得像朱时茂。

我一直百思不得其解，为何老余爱骂人，但从来没有人和他发生冲突，食客们反而甘之如饴。我想一是因为他是退伍军人，还杀过人，没人敢惹。二是因为他长得像朱时茂，大家被名人教训几句，也算是脸上有光。后来老余跟我说，完全不是这回事。一个厨师要建立起属于自己的节奏，无论是做菜还是做人，都不能被食客牵着鼻子走。要把客人带进自己的节奏里，那样你就战无不胜了，打客人左脸他会把右脸伸过来，给他盛一碗面汤他都会高呼"重庆万岁"，觉得"雷霆雨露皆是君恩"。

我恍然大悟，难怪川渝两地那么多苍蝇馆子从老板到服务员都横得不行，把自己当爷爷，顾客们还排着队争当孙子。我暗暗发誓，我也要在厨房里建立起属于自己的节奏，然后成为成都武侯区的公共爷爷。

　　老余面馆的第四个特点是从老板到食客都爱喝酒。成都和北方不一样，几乎没人在吃面食时点酒精饮料佐餐。老余却是无酒不欢，而且他只喝一种酒——六十度的江津老白干。在他的感染之下，食客们不点二两白酒似乎都不会吃面了。有量浅的食客喝着喝着就高了，望着老余蹒跚的步伐声泪俱下，说心疼老余的屁股，眼泪大滴大滴落入面中，一碗干面生生被吃成了汤面。

　　这就是老余的魅力，他骂人，他酗酒，他屁股不好，但大家知道他是个好男孩。

　　当然说到底，魅力更大的是老余的小面。正因如此，小面的食客基本都是回头客。每天固定到这里来吃晚饭的食客少说也有上百人。生意好的时候没有座位，大家只能坐在马路牙子上，排成一排捧着面碗蹲着吃，来不及言语，嘴里发出吭哧吭哧的声音，不知就里的过路群众还以为是猪圈开饭了。

　　每天清晨，全成都的面馆都炊烟袅袅、门庭若市，老余却在床上呼呼大睡。到了中午，他从一场宿醉中醒来，先用啤酒漱漱口，然后摇摇晃晃地迈着八字步去街边刷牙。有路过的熟人跟他打招呼："老余才起啊？屁股还疼不？"他打一个混着牙膏味的酒嗝，就算是回应了。

　　老余的小面里没有肉臊子，其灵魂就在于辣油。老余每天中午会关起门秘制自家的辣油，每天都是现炒现做，绝不过夜。他炒辣油的时候，方圆五公里的群众都别想睡午觉了，那味道香得连植物人都能馋醒。没有人知道他的辣油是怎么做的，但凡吃过老余小面的人都会对那香得"人神共愤"的辣油念念不忘，很多人想把辣油打包带走，甚至有人试图对老余施以天使投资，让他把他的辣油做成老干妈那样的知名品牌，都被老余拒绝。

但老余送了我一瓶辣油。他之所以对我独具好感，是因为我能投其所好，陪他喝酒。我是他最好的酒友，而且我比他能喝，每次他喝醉了我都会陪他唱那首《血染的风采》。唱到"也许我长眠再不能醒来，你是否相信我化作了山脉"的时候，他就会一头栽在饭桌上呼呼大睡。面馆的小工听见他的鼾声，就知道是时候打烊了。

以上就是老余的日常。

老余不喝酒时是一个沉默寡言的人，而一旦三两白酒下肚，他就会逸兴遄飞，豪气丛生，仿佛回到了中越边境的热带雨林里。他总是不厌其烦地给我讲那些战场上的故事，比如他如何用军刺捅死了一个越南鬼子，比如他如何在没有工兵的情况下冒险拆雷。当然，他讲得最多的还是那难吃得要死的猪肉罐头和他的战友小伟。

老余说他多年以后读了都梁的小说《血色浪漫》，发现小说里的宁伟像极了他的战友小伟，甚至连名字里也都有个"伟"字。他说他当时担任尖刀连的班长，而小伟是他班里最强悍的战士，虽然长得细皮嫩肉，但是能徒手掰断碗口粗的小树，无论格斗还是枪法，都是全连第一，堪称兵王。他很是自豪地说小伟的格斗技术是他亲自带出来的，他当年和小伟常在宿舍里切磋近身格斗，建立起了深厚的战友情。

他说小伟救过他的命。当年在战场上，他的屁股被弹片击中，后门大开，肠子都流了出来。"小伟背着几乎已经昏过去的我，一只手端着五六式半自动步枪不停点射，另一只手绕到背后，用三根手指堵住我的肛门，不让肠子流出来。"老余一边描述，一边把手指伸到我的屁股后面，给我模仿当时的场景，吓得我紧靠在墙上。

"小伟把我背回了营地，我清醒了过来，发现自己趴在一块岩石上。小伟正把匕首放在火上烤，眼睛恶狠狠地盯着我的屁股。"

"他饿得要烤战友吃吗？"我紧张地问道。

"不是。卫生兵踩上了地雷牺牲了。小伟只能自己给我做手术，挖出弹片。不然以越南那鬼天气，热带雨林那卫生条件，我等不到增援部队来就死了。"老余答道，"小伟找不到急救包，不知从哪儿掏了一瓶白酒出来，那是他珍藏的家乡特产，60度的江津老白干。他把白酒倒了一半在我的屁股上，剩下一半灌进我的嘴里。我在那之前从未喝过酒，一下子就晕了过去，在昏倒之前，我看见小伟紧握匕首对准我的屁股，眼里含着热泪跟我说：'班长，忍着点，你就当做了一个噩梦吧。'

"醒来的时候弹片已经挖出来了，小伟拿在手上给我看，足有一部iPhone那么大，而且是横在里面的。"老余掏出了他的手机，对着我的屁股比画着。"横着的。"老余强调。

"然后我就这样离开了战场，回到了后方接受治疗。小伟当上了代理班长，在一次巡逻中，他被敌方狙击手爆头，牺牲了，他还没满二十岁。从那天到现在，三十年过去了。我无数次梦到小伟，看见他提着五六式半自动步枪离我而去，走进丛林深处。我趴在病床上，想拉住他，却力不从心。我喊着他的名字，他回头对我笑，告诉我：'班长，你就当做了一场梦吧。'然后转身，义无反顾地消失在黑暗里。

"战争结束后，我去了小伟的家乡重庆，他家开了一家面馆，卖小面、灌香肠，怪不得他把我的肠子塞回去的手法那么熟练。我在他家的面馆吃了一周的小面，他家只卖一种麻辣小面，没有肉臊子的那种。特别地辣，辣得我屁股上的伤口疼痛欲裂。可我喜欢这种感觉，我觉得那些丛林毒虫，那些枪林弹雨，那些血肉横飞，仿佛都是一场梦，只有疼痛才能提醒我，这一切真实存在过。"

大家听完后感动得难以言语，连干了三杯酒。在我的提议下，第一杯酒敬小伟，第二杯酒敬重庆小面，第三杯酒敬老余的屁股。

我终于明白为何老余的辣油那么出彩，那是他从重庆小伟的老家学回来的秘方，它和红领巾一样，是用烈士的鲜血做成的，所以老余拒绝外卖，拒绝量产。每个吃了这碗麻辣小面的男人第二天都会被辣成罗圈腿，走路就像痔疮患者一样艰难。但是我们明白，我们正在和英雄一样感受疼痛。我们不是英雄，但是我们和英雄的屁股一起痛过。

讲完了老余的故事，我来讲讲本文真正的主角：麻辣小面。

我跟着老余粗略学会了重庆小面的做法。并在家里自己做了一次，现在分享如下。

1. 面要用碱面，加碱后的面口感更加筋道爽滑，且会有一种特殊的香味，面条多搁几个小时也不会因发酵而产生酸味。建议自己和面，体会一下劳动人民的不易。要是买不到碱，可以加点碱性物质代替，比如葡萄汁、茶水，但是千万不能加肥皂，不然肠子都要拉出来。

2. 接下来是调料的准备。由于没有肉臊子，调料的选择就尤为重要。依次是辣油、香菜、小葱、冬菜、蒜末和花生碎。

3. 重庆小面本来应该加芽菜，据说是因为重庆人对"芽"字感情深厚，不过我选择了味道更鲜美的冬菜。花生碎要用现炒出来的油花生，去皮后碾碎。老余说："你们成都男人太娘炮，碾花生还用杵，我们都是用拳头。"然后他就当着一屋子成都男人的面，用他那得过全军格斗比赛冠军的老拳将花生砸成碎末。

我作为一个娘炮，自然不敢与老余比肩，还是中规中矩地用菜刀把花生给剁了。但对此我极为不服气，试图另辟蹊径击败老余。我想花生可以加，那么其他坚果为何不能加？那样口感层次会更加丰富。于是我往面里加了腰果、核桃、杏仁，本以为会一鸣惊人，结果做出来的面就像一碗切糕。我只得放弃，安心当一名娘炮。

4. 配料里最重要的就是这瓶辣油了，瓶身上写着"心传"，那自然是老余苦心孤诣从小伟老家习得的秘方。他的心有多重多苦，全都在这辣油里。瓶盖一打开，我就有流泪的冲动。需要说明的是，用这种辣油做小面，一小勺足矣，不然你的屁股就等着动手术吧。这一瓶足有辣死一个加强连越南鬼子的分量，我用到共产主义实现都用不完。老余的小面只用当天制作的辣油，我问他要是辣油做多了用不完怎么办，他说用来当老鼠药。用花生米蘸一点辣油，放在老鼠窝前，老鼠能被辣得六亲不认，把一窝老鼠全给咬死。我吓得屁股一紧，心想老余不愧是老侦察兵，这雷霆手段，成都武侯区的老鼠算是倒了大霉了，死得比越南鬼子还惨。

5. 然后打调料碗，用最普通的黄豆酱油，极少量的醋，少量鸡精和味精，花椒油或花椒粉。和成都的担担面一样，重庆小面里还要加入芝麻酱。我特意买了一瓶老余自己代言的芝麻酱向他致敬。

6. 接下来就是煮面环节。老余说重庆人煮面讲究用"二道水"，也就是煮过一次面后的面汤。我问老余，那第一锅面用来干吗？老余说他看谁不顺眼就把第一锅面给谁吃。我问他："我自己在家煮面怎么办？"他说："你可以把第一锅面煮出来请你的邻居吃，既不浪费粮食，又增进邻里感情。"我心想，重庆人实在是太阴险了，今后大家要是遇到一个热情的重庆人非要下面给你吃，你一定要小心了。

7. 把面放进煮过一次面的面汤里，用筷子搅散。老余说煮面讲究锅深水浅，那样煮面的水不会溢出来。我说："溢出来之前把火关小或者加点凉水不就好了？"老余眼睛一瞪，说："你洗澡时水温忽冷忽热，你舒服不？你体会过面的感受吗？要做出最好的面，就一定要把面当成小生命，当成你的哥们，当成你的孩子。"我心想，哪有把自己孩子吃了的，听起来咋那么像精子……不过我没敢说出口。

8. 面煮到断生即可，煮得太软了就失去了筋道的口感，而且吃软面的男人会被老余鄙视。在面起锅前加入少量蔬菜，莴笋叶、菠菜、小白菜均可。我用的是成都人民最爱的豌豆尖。注意，蔬菜一定不能加多了，那样会吸太多油，面汤就变得寡淡了。

9．蔬菜烫熟即可起锅，将菜和面依次放进碗里，并撒上花生碎、冬菜末和小葱。记住：不要精美摆盘，面要摆得"放诞落拓"一点才符合重庆人的狂野性格。

第一锅水煮出来的面我用重庆口音端给邻居吃了。

老余说过，吃最辣的面，喝最烈的酒。这碗小面自然要配上我珍藏多年的九十六度伏特加。当你们看到这篇文章的时候，我正从一场宿醉中醒来。晕厥过去之前，我记得是邻居大哥把我扶上床的，还帮我脱了衣服。我此刻屁股痛得不能自理，感觉就像做了一场噩梦，但是我备感欣慰。

有这样的邻居真好，我既欣慰又羞愧，以后再也不用第一锅水下面给他吃了。

You are a super hero

聚光灯外的
麻婆豆腐

　　最近，有家电视台的美食栏目邀请我，请我作为嘉宾去现场做一道经典川菜。我推辞不过，于是决定上节目做一道麻婆豆腐，我认为这是川菜的代表。但我的方案却被一位白发苍苍的导播否决了，她说川菜不一定麻辣，不放辣椒和豆瓣酱的川菜多了去了，比如开水白菜、樟茶鸭、粉蒸牛肉、锅巴肉片……她一口气给我报出了二十多道菜名，令我肃然起敬，心想现在的电视人真是敬业，做一档美食节目把自己搞得比厨师还专业。我告诉导播，川菜的确兼容并蓄、无所不包，但群众就爱吃又麻又辣的川菜。这就好比汪峰写了几百首歌，每次上晚会表演还是只唱那首《飞得更高》，要是不唱《飞得更高》，群众会以为他是白岩松。同理，要是没有那些读到第七句就哭瞎的语录，群众会以为白岩松是汪峰。

　　导播无言以对，只得从善如流，同意我在节目上做一道麻婆豆腐：色泽红亮、麻辣鲜香、靠郫县豆瓣调味，典型的老派川菜。"做完后一定会得到观众的交口称赞。"我向导播保证。

　　"吃那么辣屁股不痛吗？真搞不懂你们这些四川人。"导演嘟囔道。

　　坦白讲，我对做这道菜并无太大把握，由于要参加电视节目，我不能像平日里写菜谱那样做失败了还可以重来，拍几百张照片选出一张，做得不好吃也强行宣称美味，而是只许成功，不许失败。鉴于此，我决定谨慎为上，去找一位麻婆豆腐界的行家抱抱佛脚。

这位行家姓王，成名于天津，现居廊坊，人称"豆腐王"。我很好奇这位麻婆豆腐大师怎么会是一个天津人。到了他家，我叫他豆腐王，他一脸不快，说叫他老王头就行。我一抱拳，说："老王头，我此行专为您的绝艺而来，请不吝赐教。"

老王头兴奋地把我带进了里屋，说虽然时代变了，但无规矩不成方圆，让我跪下。我心想，二十年前的川菜师傅竟然如此old school（守旧），真是失敬。于是我立即就跪了，正准备叫师父，突然看见摆在我面前的是一对天津快板，还有几幅人物肖像。

老王头给我介绍说："这几个人分别是李润杰、王凤山、冯巩，都是快板名家。快给他们磕头，叫祖师爷。"

我赶紧起身，说："您误会了，我不是来拜师学快板的，我是来学做麻婆豆腐的。"

老王头脸色沉了下来，说："您找错人了，请回吧，我是个天津人，会做个锤子麻婆豆腐？"我说："师父，您这就不客观了，您这口音一听就是四川人。"

老王头无可奈何地摆摆手说：

我是当过川菜厨师，
但已经二十多年啦，
我现在全身心都扑在快板事业——和我老婆身上。
现在偶尔下下厨呀，
也就做几个包砸（子），
麻婆豆腐那些破事你再也不要讲。

老王头出口成"板"，搞得我都情不自禁地跟着打起了拍子。他得意地对我说："Beat me（赢了我），我就教你做麻婆豆腐。"

老王头，你大概不知道我是谁，饶舌类竞技我这辈子就没输过。我二话不说接过快板，把衬衣下摆从西裤里扯出来当长衫，然后字正腔圆地用天津话唱了起来：

竹板这么一打呀，是别的咱不讲，
讲一讲微博上的MC拳王。
话说那么一天，拳王来到了廊坊，
他要拜见传说中的天津豆腐王。

哪知这豆腐王呀，其实只会做包砸，
唱一首天津快板可他妈的全是四川话。
你说要击败我，who the hell you think you are（你以为你是谁），
老子名字里的MC你以为是白叫的。

老王头瞠目结舌，他手忙脚乱地打了好几下快板，却一句词也唱不出来，他对着祖师爷们惭愧地低下了头，墙上的"冯巩"一脸失落。

"是在下输了。"老王头承认，他面若死灰，二十年来的"板林称霸"就如一场漫长的清梦，在这个下午彻底醒来。老王头愿赌服输，示意我跟他走，我跟着他七弯八拐地来到了走廊尽头，只见他在墙上胡乱摸了一阵，按下了一个隐蔽的按钮，走廊尽头的墙壁打开，这里居然是一间密室。

我眼前豁然开朗，这是一个开放式的厨房，只是设施陈旧，布满灰尘，仿佛从上个世纪尘封到现在。

等我去楼下超市买来食材，老王头已经把厨房打扫一新，他亲昵地抚摸着灶台上的厨具，就像在抚摸情人的手。他说他平时做狗不理包子是在隔壁小厨房，这间大厨房已经二十年没用过了。他这句话说得一字一顿，艰难无比，仿佛勾起了痛苦的回忆。

我很是兴奋，我想，美食节目的观众一定不满足于麻婆豆腐本身，他们会爱死这些痛苦的回忆。于是我怂恿老王头再和我来一场四川话 Rap battle（说唱赛），要是他输了就得把他的痛苦分享给我。你们知道，用四川话我可以饶十个，老王头你输定了。

老王头不搭理我，很快做好了一道麻婆豆腐，我抱着豆腐吃了三大碗米饭，连盘里的葱花都舔得干干净净。我打着豆腐味的嗝，早就把对老王头进行"诱供"的事忘到了脑后，递过盘子示意他再做一锅，哥们还能吃。

老王头却打开了话匣子，他说无须再对我隐瞒，尘封的记忆应该和麻婆豆腐一起重见天日。以下便是他讲述的内容。

我年轻时是一名川菜厨师，"文革"时当红卫兵去北京串联，接受毛主席的接见，结果由于不认得路，走到了天津，刚到天津就因为吃了馊麻花得了一场大病，在床上躺了半年。等我养好身体毛主席都没了，我干脆就留在了天津，去一家国营饭店应聘了厨师。

我一直想在饭店的菜单里推出麻婆豆腐——我的拿手菜，可饭店经理徐大国死也不肯。徐大国是一个老天津，他认为这个世界是由包子、炸糕、爆肚和锅巴菜组成的，其他流派的菜式想都别想，尤其是川菜。徐大国对辣椒和豆瓣酱深恶痛绝，他说："这种吃了屁股痛的东西你也爱吃，你们四川男的脑子是不是有问题？"

我无言以对，只得把麻婆豆腐深深埋在了心底。我老老实实地做着八大碗、四大扒，日复一日，我很害怕失去对辣味的耐受，只能偶尔在深夜偷偷做一碗麻婆豆腐下饭，顺便排解乡愁。

通过这碗麻婆豆腐，我认识了一名同样来自四川的女服务员，她叫阿琳。她无意中发现了我的麻婆豆腐，就像动物园里天天吃新鲜的鸡鸭鱼的斑鬣狗突然发现一块腐肉一样，激动得哇哇乱叫。我出于同乡义气，和她分享了我的麻婆豆腐，她吃完以后恋恋不舍地离去，并央求我以后偷食时一定叫上她，她会去小吃部偷麻花来报答我。

在接下来的半年里，我吃麻花吃得都不想活了，有次挤公交车，正前方是一名扎着麻花辫的妇女，我竟然没忍住恶心，吐了她一背。我意识到这样下去我的人生会被毁掉，于是向阿琳提出她可以白吃，不要再送我麻花了。阿琳严词拒绝，说："我们四川女人虽然爱吃，但是绝不白吃。"

我无可奈何地表示："那你可不可以换个方式？"阿琳羞涩地低下了头。

就这样，我和阿琳成了一对情侣。在徐大国的高压下，国营饭店的职工是绝不许谈恋爱的。我每周一、三、五和阿琳偷情，二、四、六偷吃麻婆豆腐，小日子过得美极了，自己在餐饮行业的雄心壮志早抛到了脑后，恨不得在厨房里和阿琳一夜之间白头，麻婆豆腐也一夜之间长出白毛。

好景不长，饭店里有小人就我和阿琳的事向徐大国打了小报告。一天中午，徐大国把我叫到经理办公室，让我坦白从宽。

我低着头，说我违反了两条规定，一是谈恋爱，二是吃麻婆豆腐。

徐大国痛心疾首地教育我："厨房里一冰箱的狗不理包子，你他妈的竟然在谈恋爱时请人吃麻婆豆腐，你们四川男人，丝毫不懂生活。"

最后他大度地摆摆手，说："看在你在饭店干了这么多年，没有功劳也有苦劳的分上，赶紧和阿琳一刀两断，并且再也不许在饭店里私做麻婆豆腐，如果再犯，立马滚蛋！"

我不能失去这份工作，这里是天津，我去其他饭店只会遇到张大国、刘大国，结局还是一样。

于是我答应了徐大国的条件，在很长一段时间里没有搭理过阿琳，也没有再做麻婆豆腐。阿琳自带豆腐来找过我好几次，都被我硬着心肠拒绝。我本以为我和阿琳的故事就这样到了尽头，后来发生的事却让我刻骨铭心。

我发现徐大国这狗日的竟然看上了阿琳，这个家伙自己上梁不正还不许下梁歪，气得我这下梁七窍生烟。有好几次徐大国对阿琳动手动脚都被我看见了，但我装作没看见，我在等待一个机会。

工友们建言献策，说这徐大国是有妇之夫，我可以抓住他的把柄威胁他，让他批准我和阿琳恋爱，不然就去向他老婆告状，这叫变坏事为好事。

我却另有算盘，我举一反三地想到，既然可以用这事威胁他批准我和阿琳谈恋爱，为何不能威胁他批准我在饭店推出麻婆豆腐呢？工友们毕竟还是短视了些，难成大事。

我叫来了阿琳，这是我半年来第一次和她约会，我做好了一大盘麻婆豆腐等着她，阿琳自是激动得难以自已。

吃完后阿琳朝我扑了过来，这就是四川女人，绝不白吃。我制止了她，告诉她先别激动，我找她另有他事。

我问她："这么久以来，我待你怎样？"她说："你对我的恩情比全天津的豆腐加起来都重。"我说："现在是你报恩的时候了，你去勾搭徐大国吧。"

阿琳愣住了，她不敢相信我用麻婆豆腐养她千日，就是打算这样用她一时。她大概一直以为我爱着她。她泪流满面。

她没有拒绝我，我们四川女人就是这样，"三杯吐然诺，五岳倒为轻"，她说过要报答我，绝不会食言。我望着她离我而去的背影，内疚之情如怒潮一般涌上心头，但转瞬即逝。我想，这是我唯一的机会，我一定要把握住。阿琳，对不起了。

阿琳是个典型的四川姑娘，小巧可人，撒起娇来直要人命，她去干这种事自是无往不利。徐大国毫无悬念地上钩，然后在二人酒酣耳热之际被我逮了个正着，当然，这都是我安排好的。

我拿着相机告诉徐大国："都在里面了。"买这部海鸥相机花光了我所有的积蓄，我等的就是这么一天。

　　徐大国求我替他保密，说他愿意用任何条件来交换胶卷。他说他可以让出经理之位，只求不被开除，哪怕让他在饭店大堂表演天津快板都行，他爷爷、爸爸都是说快板的，祖传手艺。

　　我告诉他，我的条件是在饭店推出麻婆豆腐。

　　徐大国气得眼睛都红了，但又不敢发作。他闭着眼睛，咬牙切齿，痛苦至极地在离婚和推出麻婆豆腐之间挣扎了很久，最后沙哑着嗓子答应了我。我生怕他反悔，让他立下字据，这才将胶卷给了他。

　　就这样，我们饭店的菜单上终于有了第一道川菜。出乎所有人的意料，我的麻婆豆腐深受群众喜爱，他们每餐必点此菜，有时还强行让服务员免费加豆瓣酱。一时间天津的大豆几乎脱销，饭店不得不去北京进货。

　　而我得以鲲鹏展翅，每天在厨房里心无旁骛地做着麻婆豆腐。当我做麻婆豆腐的时候，我觉得这世界只剩下我一个人，只有豆腐陪着我。我喜欢这种感觉，因为它能让我忘掉那些不安的往事，忘掉那双婆娑的泪眼。

　　而接下来发生的事也让我无暇他顾，我很快火遍了整个天津卫，电视台顺理成章地将我选入了"天津十大名厨"，我在群众中的威信越来越高，徐大国再也无法阻挡我在饭店继续推出其他川菜。他几乎成了一个傀儡，这里真正的话事人（广东话，即能做决定的人）是我。

而阿琳仍是一名基层服务员，据说徐大国好几次想提拔她做服务员头领甚至大堂经理，都被她拒绝了。她是个有骨气的女人，我不如她。我为了江山放弃了爱人。

我望着大堂五十多张饭桌上清一色的麻婆豆腐，感叹江山如画。也许我的放弃真的是值得的，我宽慰自己。

进入了20世纪90年代，国企改制，我们的国营饭店也被私人承包了下来。食古不化的徐大国自然被炒了鱿鱼，老板钦点我担任经理一职，他说："小王，你知道你嘛时候成为津门第一不？"我摇摇头。

他说就在今天。

我成了饭店总经理，再也不用亲自下厨做麻婆豆腐，有无数的天津青年放下快板，操起豆瓣酱和辣椒油"立地成厨"。我甚至迎娶了阿琳。

我告诉阿琳，我从未忘记她，我一直等着这一天。我说的是不是真心话，连我自己都不知道。我只觉得我好像还爱着她。阿琳感动了，她选择嫁给我，她这么多年一直单身，是不是在等我，其实她自己也不知道。

我终于登上了人生和事业的巅峰。只是阿琳再也不吃麻婆豆腐了。她说当年连吃了半年，吃伤了，这辈子都不想再吃了。我也不勉强她，反正天津有好几十万人等着吃我的麻婆豆腐，我是津门第一，历史地位直逼霍元甲和马季。

讲到这里，老王头沉默了。我已经吃完了三盘麻婆豆腐，意犹未尽地问他："怎么没有了？"

老王头一时没反应过来是该继续讲故事还是再去给我做一盘麻婆豆腐。我告诉他我是个有精神追求的人，让他先讲故事。

老王头告诉我，就在那时他选择了辞职，他的人生高潮就这样戛然而止。我很是震惊，问他为什么，他说他得知阿琳怀孕了。

我伸出大拇指，说："老王头你真了不起。有哲人说过，一个男人真正长大的瞬间，是在成为父亲的那一刻。但你尤其伟大，因为不是每个父亲都有为了家庭放弃江山的勇气。你终于认识到，这个世界上有比麻婆豆腐更重要的东西。"

老王头点燃了一支烟，痛苦地闭上双眼，他缓慢地告诉我，不是我想象的那样。

"我之前做过体检，由于我常年食用麻婆豆腐（豆制品富含雌激素），导致我的精子浓度长期保持在每毫升2000万个以下，根本没有让阿琳怀孕的可能。"

"那这孩子是谁的？"我惊讶得合不拢嘴。

"我家孩子从小就不吃辣椒，见到菜里有豆瓣酱就号啕大哭。"老王头没有正面回答我的问题，但是我已经知道了答案。

"我辞掉了饭店经理的职位，抛下阿琳和孩子回到了四川，虽然我知道这都是我自己造的孽，但我还是接受不了替别人抚养孩子。我回到成都开了一家小餐馆，不求富贵，只求糊口。但是成都的食客们说我做的叫锤子川菜，哪有做麻婆豆腐用胆水豆腐的？放了三个月的花椒面我也敢用，煮出来的担担面扭来扭去的，就像麻花。

"我羞愧无比地把小餐馆盘了出去，辗转找到我去天津之前的川菜师父，我想重新拜师，东山再起。师父已经八十五岁高龄，他得了严重的白内障，不能视物。他示意我在他面前做一道麻婆豆腐，他说他的心能感受得到。

"我轻车熟路地做出了一道麻婆豆腐，端给师父，请他品评，他却不予置评。他说：'你扶我到灶台前，我示范给你看。'

"我以为师父是在跟我开玩笑，他已经瞎了，怎么做菜？结果我发现我错了，师父动起手来和一个视力五点零的人毫无二致，他全程闭着眼睛，做出的麻婆豆腐比我做的香两万倍。

"我质问师父：'你居然会盲炒，你当年为何不教我？'

"师父笑了，说他从未练过什么盲炒。他让我关掉灯，问我还能不能做麻婆豆腐，我说不能。他说：'这是因为你习惯了在聚光灯下做菜。在聚光灯下你很热爱麻婆豆腐，而我在灯亮之前亦然。'"

"所以他虽然瞎了，也能做出比你做的更正宗的麻婆豆腐。"我感动得热泪盈眶。

"我如同遭到当头棒喝，明白自己从将阿琳推向徐大国的那一刻起，就再也不是一个合格的川菜厨师。在这场关于女人和麻婆豆腐的战争中，没有赢家，我们都输了。从此以后，我远离庖厨，发誓这辈子再也不做麻婆豆腐。我不想留在成都，更不想回到天津这个伤心地，我决定定居廊坊，然后找到了徐大国他爹的住址。"

"祸不及家人！"我愤怒地从沙发上跳了起来。

"你别急，我是拜师学艺去了。老徐家祖传天津快板，徐大国他爹是第三代传人、廊坊快板名宿。巧合的是，徐大国被开除后也以唱快板为生，我和他相逢一'板'泯恩仇，甚至还成立了一个组合，后来因为艺术理念不合吵得不可开交，最后各自单飞，听说徐大国去了电视台，从此我和他再无联系。

"直到今天，我居然输给了你这样一个毫无快板基础的后生，我只觉心灰意冷，二十年来的坚守和苦功仿佛成了笑话，所以今天就破了誓言，做回厨子又何妨？只是不知道没了聚光灯，我的麻婆豆腐还拿得出手不？"

"太能了！"我真诚地表示自己从来没吃过这么好吃的麻婆豆腐，同时安慰他道："你之所以输给我，不是因为你学艺不精，而是因为我在饶舌上面的造诣高。饶舌有很多流派，西海岸说唱、B-box（节奏箱子）、二人转、四川散打评书、天津快板等等。没有最强的流派，只有最强的人，我期待着你代表天津快板去美国参加饶舌奥林匹克的那一天。"

　　老王头摇摇头，说他学快板不是为了回到聚光灯下，他已经厌倦那种生活。他只想过平凡的生活，现在这样一个人也挺好。

　　我问他："既然你今天已经找回了麻婆豆腐，为何不去找回阿琳呢？是因为你还在对孩子的事耿耿于怀吗？"

　　老王头说："这些红尘恩怨我早已不萦于怀，我仍然爱着阿琳。只是我现在没有正经职业，靠在茶馆唱快板糊口，我给不了她想要的生活。"

　　我怎么规劝老王头都没用，他认定自己月收入低于两千元，精子浓度低于两千万，配不上阿琳。对于这个脾气又臭又倔的老头，我只剩下一个办法。

　　两周后，我参加了那个美食节目，靠着麻婆豆腐拿到了节目头奖。以下即是我的操作实况：

1. 主要食材是嫩豆腐和猪肉馅，当然也可以用牛肉馅。

2. 将嫩豆腐放在滤网里滤干水分。

3. 起油锅，放入花椒，炼出香味后将花椒捞出扔掉。

4．放入姜末和猪肉馅，用锅铲爆炒。

5．将肉馅炒到八成熟，捞起待用。

6．将豆瓣酱放入锅中爆炒出香味。

7．在锅中加入适量开水。

8．将嫩豆腐加入锅中。轻轻翻炒，注意翻炒力度，不要把豆腐翻碎了。

9．淀粉加水后放入锅中勾芡收汁，再加入肉馅和小葱，继续翻炒片刻。

10．最后放入新碾磨的花椒面，一道最经典的麻婆豆腐就这样出锅了。

以上就是我做菜的过程。为了表达麻婆豆腐的纯粹，我要求电视台关掉聚光灯。当然为了写文章，我回家后又在高光环境下重做了一次，以飨各位严肃厨友。

1. 主要食材是嫩豆腐和猪肉馅，当然也可以用牛肉馅。

2. 将嫩豆腐放在滤网里滤干水分。

3. 起油锅，放入花椒，炼出香味后将花椒捞出扔掉。

4. 放入姜末和猪肉馅，用锅铲爆炒。

5. 将肉馅炒到八成熟，捞起待用。

6. 我家厨房的镇厨之宝是散装的郫县豆瓣酱，是我从老王头那里讨来的。将豆瓣酱放入锅中爆炒出香味。

7. 在锅中加入适量开水。

8. 将嫩豆腐加入锅中。轻轻翻炒，注意翻炒力度，不要把豆腐翻碎了。

9. 淀粉加水后放入锅中勾芡收汁，再加入肉馅和小葱，继续翻炒片刻。

10. 最后放入新碾磨的花椒面，一道最经典的麻婆豆腐就这样出锅了。

在场嘉宾狼吞虎咽地吃完了麻婆豆腐，顾不得牙齿上还有葱花，纷纷围上来对我交口称赞。我摆摆手谢绝，说："你们要赞请去廊坊赞我师父，他才是真正的豆腐王。"

主持人问我为什么豆腐王不亲自来参加节目，我说一个真正的麻婆豆腐人是不屑于在聚光灯下做菜的。但我仍然来了，因为我要借着这聚光灯寻找一个人。

"如果你也在看节目，你应该认得出这麻婆豆腐是谁的手笔。他教我改用了嫩豆腐、手工碾碎的新花椒面、只有郫县才买得到的散装豆瓣酱，他说这才是三十年前天津××饭店的味道。

"回来吧，阿琳，虽然他已经老态龙钟，说快板还比不过一个四川人，月收入和精子浓度都在两千以下，但是他仍然深爱着你。他说只要你在他身边，他就是津门第一。"我对着镜头，一字一句地说道。

我听见有工作人员问导播："徐导，这段是不是要掐掉？"导播的声音有些颤抖："不掐，出了事我担着。"我循着声音望去，只见那个白发苍苍的导播正端着一盘麻婆豆腐，泪流满面地吃着，也不知这眼泪是被辣出来的，还是想起了什么难忘的事。

成都人爱吃，这事世人皆知，但是至少有一半的成都人（包括我）通常不怎么在意正餐质量。因为反正喝多了都要吐，没必要吃那么好。我们一般会在晚饭开始后的十分钟内一声不吭，专心致志地吃一些富含纤维的食物，比如荞麦面、红薯之类。等到开始喝酒时就没机会吃了，得先在胃里塞点东西，要是来不及塞，一会儿就只能干呕了。

我年轻时就吃过干呕的亏，在洗手间里死命地呕，嘴张得比鳄鱼还大，却什么都吐不出来。我突然感觉嘴里多了一样东西，那是一只大手。我含着手惊恐地回头，一个陌生人对着我友善地笑着："兄弟，不要客气，用我的。"为了不拂其意，我使尽浑身解数，把胆汁都吐了出来。

事后我问他："你怎么知道我在干呕？"他说他在隔壁隔间里，听见我吐得一点儿都不掷地有声。

从那以后，我喝酒前一定拼命地往胃里塞满食物，吐的时候才能掷地有声，不然又会有古道热肠的陌生男子冲进来助我一臂之力，那滋味可真不好受。

等喝了一晚上酒，胃里吐得空空如也，饥饿和孤独会像幽灵一样涌上心头，这时我需要一碗温热柔和的消夜来慰藉自己。你如果在秋冬时节的深夜，拦住每一个醉眼蒙眬的成都人，问他想去吃什么，百分之九十的人都会告诉你同一个答案——老妈蹄花。

在之前的文章里我通常会刻意隐去店名，不然恐有软文之嫌。但这次无须多此一举，因为在成都，老妈蹄花在猪蹄界的地位比肯德基在炸鸡界的地位还高，甚至衍生出了老爸蹄花、老大爷蹄花等冒牌货，但是成都人还是只认"老妈蹄花"一家。在成都，真正的美食根本无须广告。

若非要较真，说老妈蹄花的味道有多无可替代，你认为喝多了的人能分辨出什么？大概更多是出于情怀和习惯罢了。你如果不信，那就来听听小刘的故事。

小刘是我的表弟，是一个对待食物比对待女朋友还认真的男人。他曾经为了追求一个女孩子，找朋友借了一辆奔驰车，停在女孩公司楼下，他西装革履地靠在车旁，等女孩和同事一起下楼时，猛地打开后备厢：里面是九百九十九只五香兔头。

姑娘属兔，铁青着脸走了，那位属猪的同事则艳羡地同小刘搭讪："莫愁前路无知己，她不跟你走，我跟，你让我坐后备厢都成。"

伤心的小刘拒绝了她，含泪把车开回了家，那几十斤兔头他冻在冰箱里独自享用，花了一个月时间才吃完，还搭了三箱啤酒进去。出关之后的小刘发誓下辈子都不会吃兔头了。成都的三大名小吃中，肥肠粉伤透了他的心（详见《肥肠之神》），兔头吃伤了，只剩下老妈蹄花让他牵挂。从那以后，小刘在每一个孤独或醉酒的深夜，都会去位于人民公园对面的老妈蹄花总店喝蹄花汤，连喝了半年，直到他去北京念大学。

大学毕业后，小刘留在了北京，进入了广告行业。他攒了不少钱，自己开了公司，离了婚，狗判给了前妻。小刘彻底孤独了。

孤独的小刘格外思念老妈蹄花，他说在北京喝多了只能去簋街吃麻辣小龙虾，有一次神志不清到连龙虾钳子都吞了下去，五分钟后又原封不动地吐了出来（横着出来的），别提多疼了。他对那一碗软糯柔和的芸豆蹄花汤思念欲狂，以至于打算在北京开一家蹄花店。

小刘说开就开，速度比离婚还快。他的店位于广渠门外，店面很小，只有六七张桌子。他也许是全朝阳区最懒的老板，每天晚上九点以后才开门，只做消夜生意，一直营业到凌晨，打烊时间不定，以小刘在店里喝得不省人事的时间为准。

广渠门的吃货们为小刘疯狂，他们为了这一碗蹄花汤宁愿不吃晚饭，围在店门口挠卷帘门，咬牙切齿地咒骂着小刘的懒散。他们真不够了解四川人，这不是懒散，而是生活。试举一例，相传四川绵阳驻京办的餐厅出售著名的绵阳开元米粉，有人慕名而来，问经理什么时候有卖，经理说不时会有，具体要看厨师的心情。这就是典型的四川人，live for nothing, die for eating（生活没有什么，为吃而死）。

同理，小刘的开店时间也看心情，心情不好的时候干脆闭店不出，群众急得干瞪眼，但又无可奈何。但细心的群众发现了，最近半年来小刘总是在九点之前就开门营业，而且每天把小店打扫得一尘不染。小刘变了。

男人在什么情况下会出现这样的转变？小刘一定是二婚了，群众分析。

有好事的群众跑去找小刘打听老板娘是何方神圣。小刘总是谦虚地笑笑，说他对象身高一米七，腿长一米九。长得和林志玲特像，他强调。

群众怒发冲冠，抓住小刘的肩膀使劲摇晃，说："你为什么把'林志玲'藏起来，你什么意思？"

小刘谦虚地表示："拿不出手，拿不出手啊！"

后来群众灌了小刘一些啤酒，总算套出话来。原来小林志玲是一名食客，到店里喝蹄花汤，小刘是近水楼台，二人结下"蹄豆"之好。群众问，小林志玲现在在哪儿？小刘说她在英国读书呢，毕业就回来。

群众非要看小林志玲的照片，小刘被逼无奈，只得掏出手机向群众展示。

群众惊呼真的太像林志玲了，他们问小刘："你走了什么狗屎运能勾搭上这等姑娘？"

小刘慢条斯理地盛了一碗芸豆蹄花汤，夹出一块猪蹄问大家："你们看这块猪蹄，像不像流星？"说完他将猪蹄抛向空中，群众的目光随着抛物线行进，最后掉落在地上。在群众惊诧不已的注视下，小刘旁若无人地将猪蹄拾起吃掉，然后舔舔嘴唇说："在这短短的时间里许个愿，就一定能成真。我在吃每一块猪蹄的时候都会许下愿望：这辈子要找一个长得和林志玲一样的女孩子，和她结下'蹄豆'之好。在我吃到第一千块猪蹄的时候，我的愿望成真了一半。"

群众问："你遇见了小林志玲？"

小刘说："不，我离婚了。"

"然后在我吃到第两千块猪蹄的时候，小林志玲走进我的店里，我知道我的梦想成真了。"小刘当晚没有喝醉，但是脸上满是醉意。

听到这里，群众纷纷夹起碗里的猪蹄抛向空中，然后拾起来吃掉。一时间店里满是翩飞的猪蹄，史称"广渠门流星雨"。小刘选出三个群众代表，让他们讲讲自己对蹄许下的心愿是什么，第一个群众说他的心愿是自己的痔疮无端消失，他害怕手术；第二个群众说他的心愿是他的情敌每天都长痔疮；第三个群众说，他没有刚才那两位"蹄友"那样宏伟的志向，他只想小刘的蹄花店能够"续蹄"，就像麦当劳的咖啡可以续杯一样。

小刘神情冷峻地表示本店每天只能实现一个愿望，他指着第二个群众说："你把情敌带到我店里来，我有秘制的辣椒油，包你愿望达成。"

群众山呼万岁，他们就此把刘志航奉为广渠门的教父，认为他就像电影《教父》里的马龙·白兰度那般无所不能。区别在于，群众无须亲吻刘志航的手背或者叫他godfather（教父），只要吃下一块小刘做的蹄花就能梦想成真。

一时间，朝阳区的群众不再去雍和宫烧香拜佛，大家争先恐后地来到小刘的店里对蹄许愿。甚至有激进的群众建议小刘成立"拜蹄教"，并亲自出任教主。这一提议被小刘拒绝，他说自己没有政治野心。他告诉群众，蹄花汤之所以只卖凌晨档，就是因为它面向的是醉酒、失眠和正餐吃得不好的人，它是成都人民最后的港湾。"我在每一个哭着醒来的午夜，一想到还可以下楼去吃一碗暖上心头的蹄花汤，我就会觉得生活没那么糟糕。"

群众不依不饶地说："请你出任教主。"

小刘苦口婆心地解释："你们怎么就不明白我的意思呢？我们蹄花人只弘扬大爱，没有政治野心。"

开宗立派一事就这样搁置了，人们在小刘的蹄花店里只谈梦想。小刘一开始是在上菜的时候问群众的梦想是什么，后来经人建议改在了结账的时候。结账时小刘一边递上单据，一边问客人："你的梦想是什么？"那样客人总是会情不自禁地多给一点钱，就好比你去寺庙捐香火钱，难道好意思让和尚找钱？

有人曾经质疑过小刘的蹄花汤灵验与否，但是每天都会有人来店里还愿，感谢万能的蹄花。有人来送锦旗，甚至有人管小刘叫"蹄波切"。事实胜于雄辩，从此再也没人质疑小刘的功力。我曾经问过小刘："你那蹄花真的那么神奇？"小刘说："我给你举个例子，每周至少有一百个群众来我这儿许愿，咒他的仇人长痔疮，而中国成年男性痔疮发病率为百分之五十三。把这五十多个美梦成真的群众平均分配到一周里，每天都会有七八个人来还愿。这还仅仅是'求痔'的群众。"

"所以，上帝的代言人不是耶稣，而是概率，可惜人们总是看不透。"小刘耸耸肩，"他们需要一个神明，不论是佛祖还是蹄花。"

小刘说，当他的蹄花不再灵验之时，就是小店关张之日。他时刻准备着迎接那一天的到来。

广渠门的群众很是心疼小刘，包括部分男群众。他们认为小刘虽然伟大，但并不一定要像大多数宗教领袖那样清心寡欲，他们愿意和小刘进行双修。小刘连连摆手，表示自己已经有心上人了，小林志玲虽然远在大洋彼岸，但她总会回来的，届时再双修不迟。

为了这事我曾经找小刘谈过，我问他弟妹究竟什么时候回北京。我告诉他："这不单纯是双修问题，这关系到你的信誉。试想，你会找一个衣衫褴褛的金融从业者替你理财吗？你会找一个发型比笤帚还难看的理发师给你剪头吗？

"所以，你如果连自己的愿望都无法实现，还有什么资格担当广渠

ᵟ

门的教父？

"小林志玲一定得回来，她回归的意义堪比耶稣复活。"我毫无商量余地地命令小刘。

小刘眼神惆怅，我问他："是不是有什么难言之隐，比如其实弟妹的腿长没有一米九，长得也不像林志玲？那也没关系，你听过先知和大山的故事吗？先知欲向信众展示法力，命令大山朝自己走来，信众们引颈相盼，可大山死也不动。先知临危不乱，带领信众向大山走去，边走边对信众布道：'如果大山不向先知走来，先知还可以走向大山。'信众拜服。"

小刘莫名其妙。我告诉他："我的意思是作为一教之主要学会变通，要多向宗教界的前辈们学习。比如你可以说长得不像林志玲是林志玲的问题，不是你女朋友的问题。"

小刘告诉我不是这样的，他女朋友确实长得很像林志玲，他的苦恼之处在于，他俩在一起的大部分时间都花在了等待上，无休止的等待。就像等待长大、等待放学、等待耶稣复活、等待砂锅里的猪蹄炖得糯烂。人们总是在等待，不是吗？

他问我有没有试过等待，我说当然试过，我们中学的厕所没有隔断，几乎每一个大便的同学眼前都会站着好几个横眉怒目的等坑人，该同学往往还没有拉干净就迫于压力草草完事。中学毕业后，我去过的厕所都有门板相隔，里面的人感受不到你的情绪，任你拉在裤子上他也不会出来。

小刘问我想说明什么，我说："你需要给你等待的对象施加一些压力，让她感受到你的情绪。"

小刘突然爆发了，他将我推出店门，宣布打烊，把还在等座的食客也毫不客气地赶走。我有点生气，心想我是他表哥，不和他计较，但他怎么能这样对待顾客呢？被赶出门的顾客毫不介意，他们欣慰地表示："我们感受到小刘的情绪了。"

从那天开始，全广渠门的群众都知道小刘在等待小林志玲。他们并未因此怀疑小刘的功力，而是愈发感动，认为小刘就像每一个得道的修行者那样，将爱洒遍人间，却甘愿苦行。"蹄花店里每天只能实现一个愿望，小刘一定是把愿望都留给了我们，而牺牲了自己。"群众在事实面前唏嘘不已。

于是群众私下商量，在即将到来的小刘的二十九岁生日当天，众筹一个愿望献给他。当时正逢牛市，好几个群众却清仓卖光股票，他们说要退掉炒股致富的愿望，把实现愿望的机会留给小刘。甚至有痔疮刚刚痊愈的群众开始疯狂吃辣，表示他的愿望原是痔疮自然好，可为了小刘，他愿意重来一次，勇敢地走进肛肠医院。

　　六月十八日是小刘的生日（对不起各位，在《肥肠之神》里，我把六月十八日记成巨蟹座了），群众早早就来到了店外挠卷帘门。小刘睡眼惺忪地从店里出来，一看就是宿醉未醒。带头的群众捧出一个生日蛋糕盒，小刘感动地打开，却发现蛋糕上面插的不是二十九根蜡烛，而是二十九个猪蹄。群众告诉小刘，这些都是他们"省吃俭用"节约下来的愿望，今天一并献给小刘："你想她回来，你想和她白头偕老，你想她的胸变大一点，你想和她玩SM，所有的愿望都会在不久之后实现。"

　　小刘久久不语，他努力不让眼泪流下，却又控制不住。好几个群众扶着屁股表示："这点小意思，不要放在心上，为了你那么多年的等待，我们再痛都值得。"

　　小刘由啜泣变成了号啕大哭，他趴在桌上枕着手臂，哭得像个弱智，群众都傻眼了。过了很久，他止住眼泪，起身表示今晚的蹄花汤可以续蹄，大家随便吃。

　　"看把小刘激动的，媳妇还没回来就办席了。"群众兴奋不已地议论着。

当晚小刘炖了五十多斤猪蹄，群众一直吃到第二天早晨五点，这是小刘的蹄花店开业以来打烊最晚的一次。狂欢的群众放飞了无数的猪蹄，史称"第二次广渠门流星雨"。

小刘送走了最后一批食客，独自一人将地上散落的猪蹄全部捡起来吃掉，把小店打扫得干干净净，检查了一遍又一遍，生怕放过哪怕一粒微尘。最后他关上卷帘门，贴上"店铺转让"的封条，这张封条他已经准备了很久。

"当我的蹄花不再灵验之时，就是小店关张之日。我时刻准备着迎接这一天的到来。"他喃喃地重复着当年吹下的牛。他知道，今天店里的人许下的二十九个愿望，一个都实现不了，概率在生活面前一败涂地，他愿赌服输。

天已经亮了。小刘看着广渠门绚丽的朝阳，"生活其实没那么糟糕。"他告诉自己。

我再次见到小刘的蹄花，已是一年以后的事了。

退出江湖的小刘过着深居简出的生活，偶尔在家做做肥肠粉、烤烤羊排，但是绝不对外。每个周末我都会到他的家里，我们轮流下厨，然后相顾无言地吃饭、喝酒。

2015年6月18日，小刘的三十岁生日当天，我提着三十个猪蹄去找他，却看见他家门口聚集了数十名广渠门群众。我想，原来群众并没有忘记老教父，广渠门这个地方真是有古人之风。

结果出乎我所料，群众不是去给他庆生，而是去邀他重出江湖，再次行教父之职。

事情是这样的：小刘所在的小区有两栋居民楼，其中A座用于安置附近的拆迁户。拆迁户以大爷大妈为主，他们因多年勤俭节约的习惯，不愿意支付物业管理费，使得小区的物业公司换了一家又一家，安保和配套服务形同虚设。B座的居民坐不住了，派出代表和大爷大妈谈判数次未果，于是想到了赋闲在家的老教父。他们这次就是来求小刘出山主持公道的，想让小刘去征服那群冥顽不灵的大爷大妈，无论以什么方式。

小刘叹息着接过我带来的猪蹄，他说对付我国中老年女性，只有这一个办法。

他在A座楼下支起了一个简易的灶台，用液化石油气生火，在众目

睽睽之下做起了蹄花汤。他换上一套崭新的西服，系上领结，我知道
那是他准备用来和小林志玲二婚的礼服。

今天，你是要把你两年以来的错爱全部找回来，然后奉献给大
妈吗？

随着猪蹄的香味越熬越浓，A座的大妈们再也按捺不住，自发地聚
集到楼下。她们推开围观群众，对着小刘上下打量，说从来没见过这
么端庄的厨师。

小刘陶醉在烹饪过程中，对大妈们的谄媚不予理睬。下面即是后
来我在其店里补写的芸豆蹄花汤烹饪流程：

1. 准备好主要食材：猪蹄和芸豆（又名雪豆，芸豆提前浸泡一夜）。

2. 将猪蹄洗净后放入锅中，加入料酒和生姜，煮沸后撇去浮沫，
然后将猪蹄捞起。

3. 将猪蹄放入高压锅中，加入浸泡好的芸豆，加水没过猪蹄和芸
豆，然后盖上锅盖压一小时。

4. 一小时之后，小刘拿着一把军用匕首撬开阀门，气势惊人。

5. 将猪蹄、芸豆和汤一起盛进砂锅中。

6. 在砂锅中加入枸杞和香料盒。

7. 大火烧开后，转小火细细熬制。小刘往砂锅里加了核桃奶，原因下文里会提到。

8. 在小火煨制的时候做好蘸碟，老妈蹄花的精髓一半在猪蹄，一半在蘸碟。

9. 砂锅熬制的时间精确控制在九分四十四秒，为此小刘将手机放在灶台上进行计时。

10. 蹄花沿用了老妈蹄花的经典做法，经过小刘的情怀改良后，他亲自起名为"流星蹄花"。在吃蹄花时我们照例将猪蹄放飞，然后捡起来吃掉。那天晚上我许下的愿望是上证指数重回五千点，如果实现，就将这一次牛市命名为"猪蹄牛"。

以上是流星蹄花制作过程，而在六月十八日当晚，大妈们对小刘用手机计时的举动大惑不解，她们说："听说过有二逼往灶台上贴人民币，贴手机倒是第一次听说，请问这里面有何深意？"

小刘说："我给你们讲一个故事吧。

"两年前，我的蹄花店刚开张不久，声名未显，生意冷清。北京的冬天不比温润的四川，过了晚上十一点，店里几乎无人光临。

"那晚我正醉眼蒙眬地自斟自饮，突然看见一个长得像林志玲的女孩走了进来。我揉了揉眼睛，发现她的腿比林志玲更长，眼角里都是笑，让人看了有种说不出的舒服。"

大妈们在一旁交头接耳，猜测小刘是哪里舒服。小刘不置一词。

"她点了一碗蹄花汤打包外带。我到后厨给她做蹄花汤，同时透过后厨的窗户不停地偷看她，我看见她掏出一盒核桃奶，边喝边玩手机，肆无忌惮地笑着。看来是有人大半夜逗她开心，想到这里我心里酸酸的。

"时间一分一秒地过去，看着砂锅里的蹄花愈发娇嫩，我心急如焚。我知道蹄花汤一出锅，就是她离开的时候。我想冲出去表白，却又没有勇气。我刚离婚不久，狗也被判给了前妻，我当时认为自己是一个loser（失败者），已经失去了爱的能力。

"蹄花在砂锅里翻滚了九分四十四秒，我端着炖好打包的蹄花汤，迈着沉重的步伐走向了小林志玲。我打好了一万种搭讪的腹稿，却极为不争气地说了一句：'二十元。'

"小林志玲看了看手表，说：'现在已经过了零点，正好是我的生日。'她的嘴里明显散发着酒气。她也许是刚参加完生日宴会，在回家的路上顺便买点吃的回去当夜宵，我想。

"我既紧张又兴奋，心想再不说点什么，我还算个男人吗？我灵机一动，指着打包盒里的猪蹄说：'对着它许个愿吧，你难道不觉得它就像一颗流星吗？'

"小林志玲咯咯地娇笑着，说这明明是猪蹄，怎么就像流星了？

"我赶紧抓起一块猪蹄抛向空中，任其掉在地上，然后捡起来吃掉，边咀嚼边问她，这下像流星了吧？

"不知为何，小林志玲的笑容消失了，她很是严肃地盯着我，似乎有些感动。她缓缓闭上眼睛，双手五指交叉，她真的许了一个生日愿望。"

旁听的B座群众窃窃私语，猜测她可能是在咒自己的情敌长痔疮，小刘白了他们一眼。

"然后她就这么走了。"小刘说。

"她就这么走了？人家过生日你也不表示一下？"A座大妈们愤愤不平。

"有所表示。她给了我五十元钱，我找了她一百元。她说找错了，我诚挚地告诉她：'生日礼物。'"

"小伙子你真浪漫。"大妈们纷纷竖起大拇指。

"她接过钱和蹄花汤，告诉我她一定会再来的，然后起身出门，施施然消失在广渠门的深夜里。她再也没有回来过。我在那个晚上花了九分多钟的时间炖制猪蹄，这九分多钟让我死心塌地等了她整整两年。"

群众一片哗然，广渠门历史上排名第一的悬念"小刘女朋友腿长一米九，长得像林志玲"终于真相大白，"腿长一米九，长得像林志玲"不假，假的是前半截。她压根不是小刘的女朋友，在英国留学更是纯属臆造，小刘明明只是在单恋，单恋一个压根不爱他、一个永远不会回来的人。两年来，小刘的日夜等待只是自欺欺人，B座的群众大为不忿，认为小刘连他们一块给欺了，害得他们白白浪费了二十九个愿望。

A座的大妈也很愤怒，不过她们的怒点在于小林志玲毫无诚信，白拿了七十元钱就这样走了。大妈们斩钉截铁地表示："我们广渠门的女人怎么会是这个德行？丫一定不是广渠门的，多半是西城区的！"

小刘很久没有被人这样打抱不平过了，他感动得蹲下来抱头痛哭，这个一米八多的大男人不哭则已，哭起来我见犹怜。大妈们心酸不已，纷纷把自己的蹄花汤端到了小刘面前，说："我们把愿望转让给你，你就往死里许吧，这是大妈们送给你的三十岁生日礼物。"

小刘嗖地一下站了起来，眼泪干得比用电吹风吹过还快，他生怕大妈们反悔，不由分说地把碗里的猪蹄抛向了天空。在漫天的猪蹄中，刘志航眼神笃定地许下了自己的愿望。

大妈们看得痴了：流星，情种，广渠门很多年没有这么动人的画面了。她们说自己要是年轻十岁，不，三岁，一定毫不犹豫地嫁给小刘。

许完愿的小刘换上一副政客嘴脸，他掏出一沓单据递给大妈们，冷冷地说："我的愿望就是你们把今年的物业管理费给交了，素闻广渠门的女人言而有信，show me（那就让我看到）。"

大妈们面面相觑，她们发现自己上了恶当，但又无可奈何。自己吹出去的牛，跪着也得装完，于是她们只得乖乖掏钱缴费。就这样，小区的物业问题以B座群众的大获全胜而告终。群众欢呼雀跃，他们欢庆着胜利，欢呼着广渠门的刘教父又回来了，刘教父万岁！

小刘骗取了大妈们的初愿，这下不得不提着猪蹄挨家上门，一一还愿。他挨家挨户地陪大妈们吃猪蹄、唠嗑、跳广场舞，足足折腾了一个月才完事，把自己折腾得面黄肌瘦，吓了我一大跳。小刘唉声叹气地向我抱怨："当教父哪有那么轻松？"

再见小刘，是三个月之后了。在这期间，小刘在群众的呼声之下重出江湖，将蹄花店重新开张，生意火爆如昔。

一天晚上，小刘给我打来电话，说他和小林志玲重逢了。

我放下了手头的事，心急火燎地赶往广渠门。我那孤独的表弟终于守得云开见月明，我在出租车上热泪盈眶。

等见到小刘，他说小林志玲已经走了。我大为不解地问他："你们的金风玉露一相逢，怎么就这样草草结束？是你太快了吗？"

"我刚才正在后厨熬汤，突然听见服务员和一名女顾客吵了起来。我出去问情况，原来服务员非说顾客是林志玲，要人家给签名。人家不给签，说自己不是林志玲，服务员就怒了，指责林志玲耍大牌，双方对骂了起来。

"我看着那个气得满脸通红的女孩，她的确长得和林志玲一模一样，但她的腿更长，眼角更弯，她就是烧成灰我也不会认错。"

"然后呢？然后呢？"我紧张地握住了刘志航的三角肌。

"我什么都没说，装作从来就不曾认识她。她盯着我看了半天，我却一直逃避她的目光。"

"你疯了吗？你等了她整整两年，你是不是脑子短路了？"

小刘对我的问题和人身攻击置之不理，而是继续对我讲述："我面无表情地做好了蹄花汤，在里面加了半袋核桃奶——这两年来我都是这样做的，一开始是为了排解思念，后来发现加了核桃奶的蹄花汤更加白嫩可人，于是就这样沿袭了下来。当然，普通的食客是尝不出核桃奶的味道的，他们只会觉得好吃，然后不知就里地对我赞不绝口。只有深爱核桃奶的人，比如小林志玲，才会一闻就知道汤里加了她最爱的饮品。"

"所以她觉察出了核桃奶？"

"是的，她赞不绝口。我不知道她记不记得自己在两年前的那个深夜喝过一袋核桃奶，但她一定爱极了此时此刻的味道。你现在知道为什么我炖猪蹄的时候要精确计时了吧？两年前的那个晚上，我炖了九分四十四秒，从那以后的每一锅猪蹄都分秒不差。目的就是要让她回来的时候，一口就能尝出这个口感，和那天晚上没有任何差别的口感，全世界独一无二的口感。

"我在后厨里待着，不愿出去和她见面。我听见在埋单的时候，她让服务员叫我过去。我走到她跟前，看见她的碗里还剩下一块猪蹄，她用筷子夹了起来，说：'我能不能许一个愿？'

"她果然没有忘记那口感，这是一个真正的吃货！我激动得语无伦次。

"我面无表情地回答道：'小姐，我不知道你在说什么。'

"她脸上的表情僵住了，尴尬地起身离开，她大概以为自己认错了人，或者只是在一个九分多钟的梦里见过我。她不知道我也做过一个同样的梦，一个两年那么长的梦。走的时候，小林志玲硬塞给我一百元钱，她只消费了二十元，却不要我找零，她说她一定得还我，在梦里欠人钱的感觉很不安。我没有反抗，收下了钱，我们生意人不会和钱过不去。"

"你成熟了。"

"不，我变了。她在两年前曾经告诉我她会回来，她做到了，但我已经不再是两年前的我。在这两年里，我看过太多的美梦成真，也经历了无数的悲欢离合。我渐渐明白了一个道理，试举一例，中国成年男子的痔疮发病率是百分之五十三，所以只要样本足够大，就一定会有一定数量的群众达成'自己不长痔疮'或者'别人长痔疮'的愿望。炒股、赌博、发横财也同理，只要概率存在，就总有圆梦的可能。唯独感情是例外，如果一个人在第一时间不想回你电话，那你等一百年也没用。爱和痔疮不一样，不会平白无故地长出，她在第一秒钟没有爱上你，那你就永远都不要等了。"

"可她终究还是回来了呀。"我不认同小刘的结论。

"我偶尔吃了辣的也会屁股痛，但过两天就不痛了，我并没有长出痔疮。那种痛觉不是痔疮，只是过客。"

"只是过客。只是过客。"我喃喃地重复着小刘的话，突然明白了他这两年等待的意义：他弄明白了自己苦苦等待的人，其实根本不必等。

我问他，这就好比一个人治疗了两年的痔疮，在肛肠医院备受屈辱和折磨，最后发现自己其实啥都没长，这值得吗？

"当然值得，他怎么会啥都没长呢，他长大了。"小刘笑道。

我和小刘一人拿着一瓶啤酒，步出店外。夜色虽浓，但小刘两鬓的斑白却依稀可见。我看见门外的地上有一大块猪蹄，那一定是小林志玲所弃。也许她是生气小刘的不作为，也许她仅仅是许了个愿。

有一个小朋友正好路过，他扑闪着大眼睛问小刘："这是肉肉吗？为什么要浪费食物呢？"

小刘蹲下身，拾起猪蹄塞进小朋友的嘴里，并告诉他，那不是肉肉，而是流星。

You are a super hero

如何才能做
出史上最孤
独的冒菜

　　我还在搞IT的时候，和华为有一些渊源，亲眼见过也听说过很多亦真亦假的故事。比如汶川地震那一天，是我人生第一份工作的入职日。下午两点时，我在接受上级训话，她穿着黑丝，好不威武。我正在思考目光总是朝下是不是不够尊重人的时候，整栋大楼开始了长达数分钟的简谐振动。我那时候还没经历过地震，不知道怎么才能装作经历过地震的样子。正当我不知所措的时候，我的上级像梅西一般无比敏捷地钻到了桌子下面。我只好也跟着钻了进去，在那个狭小的空间里真的啥都没有发生，让你们大失所望了。过了一阵子，保安在外面招呼我们出去，我往外面跑的时候才发现，上司还在桌子下面蹲着呢。原来穿上黑丝的女人并不会变成超人，她终究还是女人。我叹息着回过头，拉着她的手向外跑，她的手心冰凉，明显是血液都被吓到大脑里蜷作一团了。下楼的时候，墙面上的石灰波开浪裂，裂纹就像疾速爬行的蛇一样在我们身后追赶。天府软件园的码农们素质还是比较高的，不推搡，不惨叫，人群里只有喘息声和低沉的呜咽，让我以为末日真的来临了。终于来到了楼下，整个天府软件园三万多员工全部聚集在广场上，群龙无首，进入了短暂的"无政府"状态。半小时后，一群目光笃定、发际线很高的男人沉默地走向了大楼，队伍整齐得就像部队出操。我想，这是敢死队上楼去抢救国家财产吗？只听见旁边的同事窃窃私语："进去继续上班。""华为的。""反正早晚都要跳楼，不如地震震死，还算因公殉职。"

　　"牛×！"我顿时佩服得五体投地。

　　华为人就是这样，仿佛是用特殊材料制成的，他们是不买保险的死士，不穿黑丝的超人。在此，我毫无贬低之意，我在短暂的IT生涯中和华为的技术与非技术人员合作愉快，今天只是想用他们的两个著名段子作为文章开头。这是华为人跟我讲的。

华为面试时有一项是在表格里写明是否愿意应聘海外项目职位。华为的海外销售经理、售前售后工程师之类的职位薪资高得离谱，非常适合我这种严肃沉稳、勤勤恳恳的技术黄牛。不过就是生活太苍白枯燥，尤其在一些时局动荡的第三世界国家里，出门得防流弹、防绑架，大多数华为人只能天天待在公司宿舍里，对着同事和技术白皮书。若干年前，坊间流传着两个著名的关于华为驻外工程师的段子。一是中东某地华为员工在宿舍院子里养了一群鸡，不用于下蛋，也不用于食用，而是赶着它们满院子跑，以打发时间。二是南非沿海的某华为基地曾经收到当地动物保护组织的抗议信，内容是抗议华为员工在基地旁边的海滩上给海龟翻身，导致海龟再也无法翻转过来而活活饿死。他们真的是太寂寞了。说实在的，这种行为虽然不构成犯罪，但毕竟有损国格，我当时就建议华为从国内买乌龟陪伴当地员工。华为成都办事处的负责人对这个建议嗤之以鼻，他说国内的陆龟龟头强硬，不但能够自行翻身，而且还会追着咬你。我说这不正好，华为人在追鸡，乌龟在追华为人，在院子两端摆起磁铁，让他们背上铁块在磁力线里来回奔跑，可以给基地发电。华为成都办事处的朋友听了我的建议后集体沉默，负责人郁闷地说，作为全球最大的通信方案提供商，他们从未想过用自己的肉体来发电。我告诉他们："这不是用肉体发电，而是用孤独。你们的孤独都可以用来发电了，你们大概离进行光合作用也不远了。"

　　是的，今天的菜前故事是关于孤独，这就是我给你们讲的关于孤独的第一个故事。

　　我小时候看过柯南·道尔的一篇短篇小说，叫《罗浮宫博物馆的奇闻》。写一个英国人在罗浮宫里睡着了，闭馆时被关在了里面，却有幸遇到了奇迹：一名长得比木乃伊还恐怖的馆员在深夜偷偷打开了盛装一位女性木乃伊的木棺。他哭泣着，捧起木乃伊的脸颊和它舌吻。一贯一本正经的英国人当然不允许舌吻木乃伊这种人伦惨剧发生，他跳出来去管闲事。馆员被发现后，只得交代了实情：他原是古埃及的一名法术师——埃及名字太复杂，就叫他刘能吧。刘能机缘巧合和朋友赵四（也是代号）一起研制出了长生不老药，服用后能抵抗衰老、疾病和暴力的侵害。这并不是永生药，但它的效力可以维持好几千年。这药的副作用是当你活腻了的时候，想死也死不了。比如这古埃及的刘能，他在给自己服用了药剂后，还没来得及给自己媳妇用药呢，媳妇就得肺病死了。古埃及人笃信有阴界，这下刘能和媳妇阴阳永隔。更气人的是，赵四暗恋刘能的媳妇，他在刘能媳妇死后小宇宙爆发，独立研制出了长生不老药的解药，自己服下后立马"嗝屁"，到阴间给刘能戴绿帽子去了。刘能知情后自然气得要死，却又死不了。他试了无数种配方，却终因缺少一种稀有的珍贵药引，做不出解药。刘能就这么孤独而猥琐地活了三千多年，从奴隶社会开始，眼看都要实现共产主义了，却在这个夜晚因为机缘巧合，终于找到媳妇的棺材，并且在棺材里发现了赵四藏在其中的解药药引。刘能向英国人交代完毕，迫不及待地用药引勾兑出了解药，当场服下，然后迅速衰老并且死亡。他死得比古往今来任何一名自杀者都要快乐，不仅仅是因为能够和爱人重逢（或者目睹爱人和赵四在另一个世界连赵玉田都有了），更是一种从几千年的孤独中终极的解脱。看完小说后，我时常想象那三千多年的岁月刘能是怎么熬过来的，他走过的桥比全世界人民走过的路还多，他吃过的盐比全世界人民拉过的屎还多，他在路上击败了藏獒、李小龙、成年大鹅和巅峰泰森，摸到过篮板上沿，关上过旋转门，治愈过艾滋病，追上过自己的影子。甚至，也许他经历过很多女人，比他媳妇和谢大脚美丽很多的女人。可他为何还是如此孤独？

人类自古就把时间当作自己的终极敌人，可是终于有一天你发现你战胜了时间，那又怎样？你学富五车了，你腰缠万贯了，那又怎样？你还不是被赵四绿了。

你击败了时间，击败了距离，击败了藏獒、李小龙、成年大鹅和巅峰泰森，击败了一切。但你最后还是输了。击败你的不是赵四，而是孤独。孤独才是真正unbeatable（无敌的）。同志们，不要试图挑战它。

我认为最棒的短篇科幻小说，是Ray Bradbury（雷·布雷德伯里）原著的《浓雾号角》。写的是一条从六千五百万年前的大灭绝中幸存下来的蛇颈龙，竟得以长生不死（估计是吃了古埃及的刘能发明的长生不老药）。全世界就只剩它一条蛇颈龙了，它孤零零地活在大海深处。每年冬天，浓雾笼罩着海岸线，海港的灯塔会发出低沉的号角声，为过往船只引路。那号角像极了蛇颈龙的叫声，每年的这个时候都会将那条死不了的活化石蛇颈龙从海底引上海面。它大概以为那是同类的呼唤，却一次又一次地失望。最后，它终于进化出了一点智商，发现了这压根不是自己的同胞，发现侏罗纪的老哥们都死了，真的只剩下自己活在这个地球上了。于是它悲愤地撞毁了灯塔，潜入了海底，从此再也不会听到那熟悉的欺骗，也再不相信爱情了。每次想到这条蛇颈龙，我就有不想活的冲动。那是古往今来最孤独的生物，活在黑暗、高压、寒冷的海底，在苦寂中独自度过了千万年。

我可以想象看完这个故事以后，很多理工男会开始对我口诛笔伐。你们一旦开始就已经失败了，因为你们要是有个家，有人爱，有点屁事可做，是不会有兴致来网上和人争辩物理和哲学问题的。

孤独的人才会去关心人类和宇宙的命运。

先讲讲第四个故事的主角——反物质。关于反物质的概念，简单说来它们就是由带正电荷的电子组成的物质，它们和现实世界中的物质看起来没有任何区别，只是电荷的正负属性相反而已。可以想象宇宙中存在一个由反物质构成的你，终于有一天和你本尊相逢了，你们激动地伸出右手深情相握，却在接触的一刹那灰飞烟灭，并释放出比氢弹爆炸还大的能量。你炸了。

一开始，反物质只是狄拉克的数学假设而已，直到科学家在实验室里真正制造出了反氢原子等反物质粒子。虽然它存在时间极短，迅速泯灭，但是这足以证明反物质在宇宙中的确存在。

真正吸引我的理论，是诺贝尔奖得主理查德·费曼提出的反物质猜想。他由麦克斯韦方程推导出两个解，发现在数学上，一个在时间中正向前进的负电子和一个在时间中逆行的正电子是一样的。换句话说，反物质不过是在时间中逆行，即从未来向过去前进的正物质而已。反物质和正物质的对消泯灭，实质上是正物质在时间轴上的突然掉头，回到过去的同时变成了反物质。（即两分钟前的反物质，在一分钟前和正物质对消，实质上是正物质在一分钟前开始了时间上的逆行，变成了反物质。两分钟前你看到的反物质就是在时间轴上逆行回去的这个正物质而已。）

更加令人震撼的理论如下。费曼由此解决了困扰物理学界多年的基本粒子问题：为何世间万物，大至星系，小到原子，都会展现出不同的属性。例如氢原子和氧原子、银河系和仙女星系、我和毛主席。没有完全相同的个体，但是在电子上有个例外。世上没有"大电子""小电子""穿黑丝的电子""正厅级电子"之说，你也无法在一个电子上刻字，然后送给自己的女友。组成宇宙万物的无穷多的电子，是一模一样的，找不出任何差异。

费曼用自己的反物质假设完美地解释了这一问题：因为从宇宙大爆炸的那一刻起，整个宇宙本来就只有一个电子。没错，全宇宙庞大的空间、数不尽的星体和物质，其实都是这一个电子在不同时空的分身而已。它从大爆炸开始，在时间轴上正向前进，直到宇宙的末日，又掉头回去，变成正电子，在时间里逆行，逆行到了宇宙诞生之初。就这样永无休止地循环下去，这个电子出现在时间轴上的每一个点，出现在宇宙的每一个角落，在三维世界的我们看来，空间里布满了数不尽的电子，构成了世间万物。

其实那些电子，包括我们自身，我们的父母，我们的恋人，我们养的狗，狗拉的屎，曼哈顿川流不息的人潮，塔克拉玛干寂如死水的无人区，兰桂坊莺歌燕舞的不夜城，古埃及那个伤心欲绝的法术师，海底两万里那条无尽孤独的蛇颈龙，万事万物都一样，都只不过是那同一个电子正行逆行了无数次的分身而已。整个宇宙就这么一个电子，孤零零地从混沌初开走到宇宙毁灭，再倒回去重来，周而复始。

假如这理念是真的，你还觉得自己孤独寂寞吗？还会去海滩翻乌龟，在院子里赶鸡吗？乌龟、鸡、你，其实都是一个电子精神分裂的产物，你又何必那么入戏？

你能想象出比这个精神分裂的电子更孤独的个体吗？

能想象出来的话诺贝尔文学奖、物理学奖也许就是你的了。是的，它们已经是我的了。

因为这个世界上最孤独的个体，是我表弟小刘。

我表弟小刘是北京广渠门的一名成年男子，他自己开公司，并且用他老婆的名字给公司命名。小刘喜欢潜水、威士忌、综合格斗，他老婆热爱旅行和美食。多么完美的婚姻！

小刘是广渠门综合格斗大师，主修巴西柔术，号称自己精通七十二种关节技，在拳馆掰折过别人的胳膊肘，也被别人扭断过十字韧带。

他告诉我，其实他最享受的并不是在擂台上制服一个成年男子，而是在枯燥乏味的练习中，把充气娃娃般的人形沙袋压在地上，一遍又一遍地练习缠抱、压制和捶打。

我说我明白那种感觉，我练习站立格斗。我也很喜欢一个人打沙袋，甚至空击。我能感受到我的拳风，听见拳的声音。那仿佛是一次灵魂出窍，有时打着打着会误以为自己是在海边或者青藏高原，物我两忘，直到不小心一拳打到墙上，然后从白日梦中痛醒。

我问小刘："你有没有将你的地面技带回家，用于床笫之欢？"他但笑不语。所以每次见到弟妹的时候，我都会仔细观察她的肘关节和膝关节，看有没有红肿的迹象，观察她的走路姿态，看有没有瘸。

还好没有，看来小刘只会掰沙袋，并不会掰他老婆。这是一个格斗家的基本素养。

今年情人节前夜，小刘打电话给我，他的声音很低沉："哥，我跟你说一件事。"

"怎么了，你的十字韧带又断了吗？"我急切地问。虽然我已经习以为常，但毕竟是情人节，十字韧带断了的人无法从事某些活动。小刘真惨，我想。

"哥，我离婚了。"小刘的语调就像在播报讣告。

我当时正在吃饭，惊得筷子都掉在了地上。我实在是难以理解，甚至至今都不知晓他离婚的确切原因。小刘什么都不说，他只是哭。

　　小刘是一个沉默的男人，他不想解释，不想倾诉。他只是想哭一下，而这个世界上除了我，没有人可以听他哭了，他毕竟是一个综合格斗家。我们练习格斗的男人，没有哭的资格。你要是练习了格斗，然后又想哭，你只能找一个你的同类，也就是另一个格斗家，去对着他哭。就像小刘在电话里对着我哭一样。

　　因为我们是同类，是兄弟。

　　第二天就是情人节，我很担心小刘的身心状况，我担心他买醉，担心他醉倒在冰冷的东三环，然后被路过的流浪汉奸污。我给他打电话发微信，长时间没有回应。我看到他的微信签名改成了"学会了那么多关节技，却还是过不好这一生"。

　　是啊，为什么学会了那么多关节技，打烂了那么多拳套和沙袋，却仍然过不好这一生？我也无法回答。

　　直到深夜，小刘才回复了我。他说他没有去借酒浇愁，他只是在拳馆待了一天。从第一拨人到来，一直打到最后一个人离开。2015年的情人节，小刘和沙袋一起度过。他疯狂地和沙袋在地板上扭打着，把它想象成一个敌人，这个敌人夺走了他的幸福，撕裂了他原本完美的生活。不知扭打了多久，打得沙袋都快求饶了，小刘终于站了起来，放开了已经被扭成麻花的沙袋，开始了一场漫长的空击。

空击还有一个浪漫的名字，叫击影。意即你没有沙袋和成年男子作为对手，你的对手就是空气。击影能够综合锤炼你的脚步和节奏，让你找到格斗的感觉。缺点是比较枯燥，毕竟空气没有成年男子和沙袋那样的手感。

小刘说他那天晚上空击了很久，感觉把朝阳区上空的雾霾都打散了。我问他在想些什么，他说他在想着那个不存在的敌人。这个敌人没有给他戴绿帽子，也没有抢夺他的财产，可就是如影随形地跟着他，跟了快三十年，直到昨天终于现出了原形。

"这个敌人从小就跟着我。在我离群索居的岁月里；在我十三岁的年纪就需要自己在灶台上做饭，把头发都点燃了的日子里；在我每天抽两包劣质香烟，烫着爆炸头到处和人打架的青春里，他一直没离开过我。四年前，在我的婚礼上，他好像挥别了我，但昨天他又回来了，把我从这场短暂的狂欢里拉了出来。

"我到昨天终于明白，这个敌人是我一生都摆脱不了的，我在拳馆疯狂地击打了一天，耗尽了所有的力气，可我连他的影子都碰不到。"

我知道他说的这个敌人就是孤独。小刘这下被孤独伤害得不轻，He needs a doctor（他需要去看医生），我想，我要去北京拯救他。可小刘的一席话让我打消了念头，他说我去了他要带我吃牛欢喜，也就是牛×，当地人民喜爱吃这个。他说朝阳区一家以牛欢喜为特色的烤肉店的老板很喜欢我的菜谱，为了表达对我的赞赏，说要为我杀光朝阳区所有的母牛。这听得我不寒而栗，我十年之内都不敢去北京了。我要是去了，朝阳区的公牛怎么办？它们没了爱人，找谁发泄欲望去？我一想到这个就屁股痛。

小刘说："没关系，你不敢吃牛欢喜，还可以吃牛严肃嘛。"我说："什么是'牛严肃'？"他说："母牛的叫牛欢喜，那公牛的就叫牛严肃。"我说："我的'严肃'一贯争气，每天早上都很严肃，不用再吃牛的'严肃'来以形补形了。"小刘不依，说一定要带我吃，反正这个世界上有那么多孤独的"欢喜"和"严肃"，留着也没用，不如炖来吃了。

我急了，在电话里对他说："你不要这样自暴自弃，你的'严肃'是暂时没了用武之地，但来日方长啊！要是孤独的人都不配拥有'严肃'，那么估计北京的护城河都会被'严肃'填满了。其中还会包括一些知名'严肃'，比如窦唯的、张楚的、汪峰的等等，毕竟搞摇滚的人生来就很孤独。"

　　小刘在电话那头若有所思，他说，男人是因为拥有"严肃"所以时常孤独，还是因为生来孤独所以才需要"严肃"？这真是一个问题。我说："你慢慢想，仔细想，多想一下！你可以做一个哲学家，给自己安排点灵魂碰撞，也胜过你太无聊以至于整天琢磨切了自己的'严肃'。"

　　小刘说他不会切了"严肃"的。他说他没那么无聊，他已经报名参加了北京的综合格斗比赛。他准备一路披荆斩棘进入决赛，每战胜一个对手就切下他的"严肃"，挂在腰上。我想象了一下他最后夺冠的样子，估计连腰上的皮带都是用对手的包皮做的，我觉得有些不能接受。但是我还没来得及严肃地跟他谈谈这件事，他就又一次出事了。

　　这次不是感情问题，而是十字韧带。它又断了。就在第一场比赛里，小刘被对手用膝十字固扭住了膝盖。因为小刘不认输，所以对方就一直扭下去，直到整个拳馆都听见韧带断裂的声音。他原本就脆弱不堪的十字韧带又一次断裂了。

　　小刘完了。生活对他太严肃了。

　　我给小刘打了电话。他刚动完手术，还在病床上惨叫。这一次通话小刘没有哭，他仿佛已经习惯了命运对自己的打击。他说他要在床上躺三个月才能轻微运动，而且这辈子再也不能从事任何格斗运动。

我问小刘："你为何不认输？膝十字固是无解的招式，你不可能逆转，为什么不拍地认输？"

他说他只是忘了而已。他说在那短短的十秒钟里，他感受不到擂台上空的日光灯，他仿佛又回到了在黑暗中蹂躏沙袋的每一个夜晚。肉体的疼痛显得那么不真实，他只觉得全世界又只剩下自己了。直到他听见对手的惊叫，才看见自己的膝盖被折成一个可怕的角度，把对手都给吓着了，不由自主地松开了手。

你为什么要去参加比赛？你明知道你的膝盖经不起最轻微的扭曲。你仅仅是想用战斗、奔跑、疼痛、烂醉来充斥自己，一刻也不停歇。这些简单而粗暴的感觉能让你无暇思考，当你没空思考的时候，你就感受不到孤独。但你还是输了，你现在只能躺在床上，什么事也干不了，除了思考。我仿佛能看到你被孤独侵蚀的样子。

我告诉小刘："根据我的研究，孤独是比藏獒、大鹅和巅峰泰森还厉害的家伙，你试图挑战它，就是会死得这么惨。你怎么这么傻？你现在除了躺床上玩自己的'严肃'，还能干吗？"

小刘说："哥，我想吃冒菜。"

多么朴素的愿望啊！我还以为他想找个"黑丝"陪护，或者找个华为员工来帮他翻身呢。

小刘是成都人，大学毕业后留在北京。他每次回成都第一件事就是吃冒菜。他挚爱火锅店的热闹和喧嚣，但他从小一个人长大，想吃火锅时，只能去吃冒菜。成都多家冒菜店的老板娘都和他交好，经常问他一些比知乎网站上还尖锐的问题。

小刘到底是热爱冒菜，还是热爱四处过夜，我无从得知。就当他热爱的是冒菜好了。有句话说的是："冒菜是一个人的火锅，火锅是一群人的冒菜。"在成都，不管你是一个人还是一群人，生活都对你一视同仁。每天华灯初上的时候，你路过成都的每一条街道，都会看见满面风尘的人们静静地坐在小店里，就着白米饭，汗流浃背地吃着一碗热气腾腾的冒菜。成都是一座适合孤独者生存的城市，它会用美食和潮湿的空气向任何一个孤独的人敞开怀抱，尤其是我们这种因伤退役的格斗家。

等你伤好以后，回到你的家乡吧，小刘。这里有断了颈椎的退役格斗家（我），有满城你最爱的"黑丝"，还有冒菜。

今天的菜谱，献给成都，献给我的表弟小刘，以及所有孤独的人。

1. 首先登场的是食材介绍，我精心挑选了全超市最孤独的食材，比如金针菇。它就像那个不老不死的古埃及刘能，它穿过人类的消化道，看着它的蔬菜同伴们一个个死去，被胃酸腐蚀，被大肠绞碎，然后变成咖啡色的"舍利子"。而金针菇却永远完好无损，想死死不了，被吃进去又拉出来，周而复始。

2. 又如千层肚，它是牛的瓣胃，这辈子就只和草打过交道，唯一的功能就是把草磨成粉，不停地摩擦，摩擦，就像滑板鞋摩擦地板一样。但滑板鞋好歹还去过魅力之都汉中，见过大世面。千层肚一辈子都生活在牛的腹腔里，死之后又进入人类的腹腔，总之，永远都生活在黑暗狭窄的腹腔里，孤独得让我忍不住大吃了一斤。

当然，最孤独的食材是中间那盘牛肉丸，其原因我会在文章最后阐明。

3. 接下来是二荆条青椒和小米椒。小米椒在大多数时候都是孤独的，因为它太辣，成年男子普遍不待见它。对于成年男子来说，小米椒和屁股只能选其一，而我今天为了菜谱，也为了小刘，勇敢地选择了小米椒，放弃了屁股。小米椒知道以后估计能高兴弯了。

4. 把辣椒和香菜切碎待用。

5. 黑豆豉是制作火锅底料的重要原料。将其剁碎，狠狠地剁，就像生活剁碎小刘的心那样。

6. 用香料盒装上碎八角、香果等香料待用。

7. 起油锅，待油温稍热后放入郫县豆瓣爆炒。需要说明的是，我这里加的是菜籽油，也就是做清油锅底。四川人和重庆人普遍喜欢牛油，我原本也是打算加入牛油的，但还是没有加，因为我不知道去哪儿买牛油。我在淘宝上买了火锅专用的牛油，结果等到菜谱都写完了，那牛油还在平顶山托运站。气死我了。再也不用淘宝了。

8. 再加入心碎了一地的黑豆豉、姜末、蒜末和干辣椒，用我习自毛主席的"一师无影铲"进行光速翻炒。此时香味四溢，记得打开抽油烟机，否则你的邻居一会儿就会端着饭盆上门"化缘"。

9. 接下来加入清水或高汤，大火烧开，把香料盒扔进去"浸猪笼"。这次我本来想用高汤的，但是上次用鸡汤蒸蛋被我妈知道了，差点砍死我，所以这次只好委屈地加了盒浓汤宝聊以自慰。

10. 汤汁烧开后，倒入另一口汤锅里，用小火熬制十分钟，然后把豆瓣、豆豉、辣椒等残渣打捞起来，免得一会儿掺到食物里。接下来就可以开始冒菜了。

11.将食材放入锅里。记住，不能一股脑倒进去，煮得时间最长的牛肉丸最先放，烫一下就熟的千层肚、金针菇和牛肉片最后放。

12.在碗里加入芝麻油、花椒油和你喜欢的其他调料，然后用漏勺将菜品捞起装盘。加入切好的小米椒、二荆条青椒和香菜。这道冒菜就做好了。

冒菜和啤酒是绝配，在成都的街边小店，经常能见到伤心欲绝的成年男子坐在角落里，就着冒菜，赶着苍蝇，在昏暗的灯光下独酌。一份冒素菜可以喝五瓶（大瓶）啤酒。成都的成年男子为何如此孤独？

13.最后要大书特书的就是这牛肉丸，它产自潮汕，口感筋道，汤汁渗入后滋味无比香浓，但这些都不是重点。重点是牛肉丸本身，它看起来就像费曼笔下那个精神分裂的电子，我在吃它的时候感觉把全宇宙的孤独都吃了下去，无尽的忧郁涌上心头。我赶紧吃了两颗小米椒，把忧郁转移到了屁股上，不然我今晚注定无眠。

这就是我献给表弟小刘的冒菜，不知有没有勾起他的乡愁。这道菜的名字就叫"为什么我会打拳，会巴西柔术，会一次二十个引体向上，会单手俯卧撑，却依然过不好这一生"。这也是留给小刘的一个独立思考题。除此之外，我还在网上买了一大箱山西产的牛严肃，估计店家为了这个订单杀光了整个太原市的公牛。我自己不吃，全给小刘留着。

等你膝盖痊愈的时候，应该是成都一年中最美的时节，有很多很多的"黑丝"在街上，很多很多的"严肃"在家里，等着你。Just come back, my bro（回来吧，我的兄弟）。

后记1：由于我不敢去北京，朝阳区的单身女青年，请替我关照一下小刘。

小刘，男，站立高一米八三，躺着高一米。养了一只萨摩耶，热爱格斗、自驾和极限运动，现在每晚宁愿在公司的沙发上无病呻吟，也不愿回到空空荡荡的家里。

我昨天跟小刘说："你赶紧去换一个帅一点的微博头像。"他说他的帅照配不上他的孤独，所以照片这里就不发了。求领养。

后记2：无良的淘宝商家在牛严肃的包裹上面居然写明了"牛鞭"二字。那是寄到我单位的。妈的，我以后在单位还怎么做人？！这段时间同事们总是似笑非笑地盯着我的下面，觉得我这人太不严肃。我找谁说理去？我为了复兴"严肃文学"付出的代价也太大了。再也不用淘宝了！

You are a super hero

怎样才能装
作经常吃番
茄的样子

谨以本文献给前列腺，以及所有不想长大的小孩。

你身边有没有那种特别单纯的朋友？相信爱情，相信人性。我的朋友王睿就是这样的人。

王睿是一个伟男子，他身高一米八七，体重一百九十斤，肩宽手长，据说能够同时关上轿车的左右车门。他的屁股更是由于长期练习深蹲而变得硕大。王睿长得就像武侯祠里的关云长雕像，却单纯得不像话，以至于在恋爱中和工作中经常被男女老幼伤害感情，但又死不悔改，永远不用恶意去揣测任何一个人。他就像传说中那个永远不会长大的彼得·潘，一个一百九十斤的彼得·潘。

王睿在成都洗面桥街某写字楼租了一间工作室，在证券市场里翻云覆雨。他说："股市是人性的集中体现，这我都能搞定，你为何不相信我能搞定人性？我爱我的工作，我爱我的朋友，我爱这座城市。成都就是我的永无岛。"

而对于我来说，成都从来不是我的永无岛，因为我的永无岛首先要有羊腰子。关于这点大家已经了解，我就不再赘述。接下来的故事，是关于永无岛如何彻底伤害了彼得·潘的心，从而永远失去了岛上的这个一百九十斤的男孩的。

刚毕业那会儿，王睿还在玩人人网。他在人人网上结识了一个女性朋友，名叫杨小草。杨小草最开始是我的朋友，可她擅长各个击破，在短短一个月内加遍了我所有的男性好友，包括在社交网络上无比低调的王睿。王睿当时的人人网主页除了几篇顾影自怜的日志，别无他物，可"社交魔人"杨小草并没有放过他，这让他受宠若惊。

我对杨小草这人颇有成见，因为她的搭讪手段已经到了如此境界："同学，你是北京人吗？""我不是！""哦，我也不是北京的，真巧。"我觉得一个女人像没头苍蝇似的到处找男的搭讪，总归不是一件正经事。但王睿对我的成见嗤之以鼻，他说自己的人人网头像不修边幅，看起来像个烧锅炉的，杨小草却依然加他为好友，这说明杨小草注重精神世界，是一个有内涵的女人。

杨小草是人人网上第一个主动加王睿为好友的女性，王睿觉得自己就像彼得·潘遇到了温迪，或者诸葛亮遇到了刘玄德，即将成就一段佳话。他准备就此和杨小草结下鱼水情，全然不顾杨小草的内外条件皆十分有限。王睿教育我说，刘玄德当年三顾茅庐的时候也是身无寸土，寄人篱下，诸葛亮都没有嫌弃过人家，他又有什么理由嫌弃杨小草呢？

"我们这是患难之交。"王睿总结道。

　　说到这里，不得不提一下杨小草的条件。现在的朋友喜欢给人打分，但是我觉得杨小草的气质是分数无法体现的。她面无血色，下巴锋利如刀，据说睡觉都不卸眼线，枕"妆"待旦。她无论是在炎炎夏日还是数九寒冬，永远都穿着一件大红色的雪纺连衣裙。那裙子太过耀眼，以至于我时常认为那是一个人站在裙子里，而不是裙子穿在人身上。你说这怎么打分？你要是个后现代艺术家或者行吟诗人，没准会给她打十分，毕竟美女到处都是，但是there can only be one（只有一个）杨小草。

　　王睿就是和这样一个女子结成了患难之交，全然不顾社会舆论。我问他："你和杨小草算是爱情吗？"他摇摇头，说他俩连手都没有牵过，他说杨小草的内心和她的粉底一样雪白，拿着放大镜都找不到瑕疵。我不敢相信。据民间传闻，杨小草是一个"不让须眉"的女子，敢同冠希争高下，不向宗瑞让分毫。她居然和王睿相敬如宾，这就怪了。我问王睿："你难道没有听过关于她的流言蜚语吗？"王睿想了想说："杨小草曾经给我一个搞房地产的朋友发过彩信，内容是她衣着暴露的照片。我朋友当时就向我打了小报告。但他安慰我说，那天晚上正好打雷，移动信号不好，可能导致了信息传输时丢失数据包，所以图片里的衣服就变少了。"

　　我久久不能言语。

　　杨小草对王睿若即若离，她的私生活丰富多彩，可又绝不和王睿分享。王睿本是一个在感情世界里消极被动的男人，习惯了一个又一个女人来来去去，却从不驻足。但这次他动真格的了，他实在忍受不了他的患难之交认识了富贵朋友就弃他而去。他主动给杨小草发了短信，问她能不能出来见个面。

　　"我在'古巴之夜'和'茄友'聚会呢，你想过来就过来吧。"杨小草回复道。

　　王睿当时无法上网，于是给我发来信息，问我"茄友"是什么意思，请我帮他百度一下。我当时"日理万机"，便心不在焉地敷衍道："'茄友'就是一起聚会吃番茄的朋友。"

　　过了两分钟，他又问我能不能帮他在网上问问，怎样才能装作经常吃番茄的样子？

　　我放下了手头的工作，在网上找到了番茄的词条，只见功效一栏赫然写着：对于男性而言，番茄的作用十分显著，番茄红素可以预防前列腺癌。

　　于是我推理出"茄友"们聚在一起吃番茄的原因是他们的前列腺

不好，所以定期集体摄入番茄红素，以增强前列腺机能。我把这情况告诉了王睿，他十分激动，声称他的叔叔就是得前列腺癌死的，他因此深谙保养之道，这下可算找到组织了。

王睿就这样欢天喜地地动身去和杨小草及她的"茄友"们会合。他说他准备半路上到菜市场买几个上好的番茄作为见面礼。我劝他别这样做，人家那种场合可能不允许自带番茄，搞不好要收他百分之十的服务费。

"你们这些搞IT的就是小农意识。"王睿财大气粗地奚落我。

他走了，我想象着他和前列腺病友们打成一片的样子：人们眼含热泪地听着王睿痛陈家史，动情处，大家纷纷抓起和王睿屁股差不多大的番茄狠狠塞进嘴里，无言地咀嚼着。而杨小草在一旁楚楚可怜地提问："我会不会有一天也患上前列腺癌呢？"

"不会，女性是没有前列腺的，你只会得子宫癌。当然这只是一个假设，不一定对。"王睿的机智回答打动了在场的所有人，"茄友"们趁机默契地起哄："在一起！在一起！"

杨小草捂住子宫，羞涩地低下了头。

我从臆想中惊醒，发现王睿不知何时回来了，面色苍白地站在我面前。

我吓了一跳，脑海里闪现出好几种人间惨剧。比如杨小草其实是一个器官贩子，她把王睿骗到了"茄友"俱乐部，那里其实是一个活体实验室。犯罪分子们早已严阵以待，他们在番茄里藏了蒙汗药让王睿昏睡过去，然后割下了他的前列腺。

我紧张地摸了摸王睿的下面，不像是刚做完前列腺手术的样子。他悲愤地推开我的手，目光怨怼。我问他到底怎么了。他颓然坐下，大屁股深陷在沙发里，给我讲述了刚才发生的事情。

我到了"古巴之夜"之后，发现那里是个装潢豪华的场所，壁柜里放着陈年的红酒，"茄友"们三三两两地坐在沙发上，慵懒地品着雪茄。我不由得更加紧张了，心中忐忑不安，我想，前戏都这么高端，我带来的番茄人家能看上眼吗？于是我羞愧地把番茄藏进了裤兜里，尽管这样显得我的屁股很大，但如你所知，它本来就很大，所以也不在乎再大一点。（虽然神情落寞，但说到屁股，王睿豪情不减。）

我一屁股坐在了吧台旁边，我找不着杨小草，给她发短信她也不回，我只好百无聊赖地环顾四周，发现旁边坐着一个戴着金边眼镜的中年男人，眼距很宽。我想起我有个远房侄女，由于父母是近亲结婚，生下来就得了唐氏综合征，眼距和他一样宽，一直买不到合适的眼镜，目不能视物。我想，这位中年患者的眼镜肯定是定制的。于是我热情地凑上去请教那位患者，指着他的眼镜，比画着问他是在哪儿做的。

"帕塔加斯·所罗门。"他噙着雪茄，含混不清地答道。我同情地点点头，心想这人连言谈举止都像极了我那侄女，她的话我就从没听懂过，他们有自己的一套语言体系。

这时候突然有人拍我的肩膀，我回头看见了一件大红色的连衣裙，定睛一看，裙子里还站着一个人，原来是杨小草！她笑吟吟地问我和人家说啥秘密呢。我把她拉到一边，小声跟她说："我以为前列腺不好的人才来这里，没想到还有智障。"

她娇嗔地打了一下我的屁股说："你说什么呢？"然后她问我屁股里藏着什么宝贝，鼓鼓囊囊的，我只好跟她耳语，说我等会儿要给大家一个惊喜，我这可是上品。

"真的？是古巴产的吗？"杨小草喜出望外地看着我，笑得眼线飞入了鬓角，她看我的眼神从来没有这样亲近过。

　　我还没来得及回答，音乐停了下来，一个长得有点像舒淇的DJ拿起了麦克风说："欢迎大家光临'古巴之夜'，今天是世界男性健康日，大家在尽兴之余，别忘了做做保健哦。"

　　台下一片奸笑。

　　我听见了"男性健康日"和人们的奸笑，激动地想，估计数分钟内就要开始吃番茄了，难怪大家这么兴奋。我想这群上流社会的"茄友"多半只吃剥了皮的番茄，于是我找服务员要了一杯开水，把番茄放进去泡着，那样易于去皮。我端着泡有番茄的杯子向洗手间走去，一路上听见好几个女的窃窃私语："见过怕和别人弄混酒杯，往杯里放小番茄的，没见过谁放这么大的番茄，咋不放个西瓜呢，这人有病吧？""有可能是个智障。"

　　听到有人说我是智障，我也没有动怒，只是锁紧了眉头让两眼靠拢一些，盯着那几个"茄友"，示意她们注意我的眼距，事实胜于雄辩。我就这样杀气腾腾地走到了洗手间，正给番茄去皮时，突然听见隔间里有两个"便友"在聊天，内容似乎是关于杨小草的，言语甚是粗俗下流，总之就是宣称他们收到过杨小草彩信发来的不堪入目的自拍照，分明是想和他们有一腿。我当时觉得他们一定是在吹牛，且不说中国移动不可能每次都丢失数据包，她和你们有一腿图啥？图每天有番茄吃吗?

　　我剥好了番茄,闷闷不乐地回到了座位上。我发现刚才那个唐氏综合征患者正接过麦克风讲话。他竟然能讲出流利的人话,自我介绍是什么会长,而且他一边讲话一边搂着杨小草,举止甚是亲密。

　　他说杨小草是他遇到过的最有天赋的女人,无论是对于红酒还是雪茄,都是一点即通,悟性惊人。他说在一次饭局上,在场的女人七嘴八舌地谈论着在欧洲血拼回来的名牌包,只有一个人卓尔不群地埋头品酒,并用笔在便笺纸上记下红酒味道随着时间的每一个变化。那个女人就是杨小草。

　　"茄友"们掌声雷动,杨小草谦虚地示意大家安静,并且从容不迫地补充说明,那些傻女人在饭桌上因为炫耀包包而错过的美酒的价格,足够她们每人买二十个包了。

　　会长举起手里的雪茄,说杨小草就像这支古巴产的帕塔加斯·所罗门,味道丰富,变化无穷,总能给人别样的惊喜。说着,他得意地捧起杨小草的下巴,但可能又因为被"锥"得有点疼而缩回了手。杨小草娇羞地一扭头,灯光正好打在她的脸上,惨白雪亮,俨然成了房间里的第二个光源。会长满意地笑着,眼距似乎近多了。

我这下终于明白了，原来"茄友"指的不是番茄朋友，而是雪茄朋友，原来"帕塔加斯·所罗门"是古巴话，会长精通外语，他并不是智障。

我顿时觉得我才是一个智障，我紧张地摸了摸自己的双眼，它俩之间的距离突然变得遥远，就像从成都到北京，就像我和杨小草。我曾经为了拉近和杨小草的距离，努力寻找和她以及"茄友"们之间的共同语言，来之前做了好多好多的功课，装了满满一肚子的学问，变得几乎比泌尿科的医生还了解前列腺。可我却不了解自己的眼距，也不了解杨小草。

我看见会长搂着那件大红色的裙子，里面站着杨小草，她张开血盆大口，媚态十足地笑个不停。我突然感觉那些我曾经嗤之以鼻的传闻，和她发给各路朋友的丢了数据包的彩信一起，从记忆的回收站里爬了出来，重新萦绕在我脑海里。

可她为什么在我面前就纯洁得像她脸上的粉底呢？为什么她从来就没有给我发过彩信呢？

我想起杨小草曾经问过我喜欢喝什么红酒，我告诉她我只喝过张裕，从那之后她似乎就很少再联系我了。如果她知道我把雪茄派对理解成聚在一起吃番茄，她会不会后悔认识我这个"患难之交"？

　　我正在痛苦的沉思里徜徉，杨小草娇媚的语音把我拉回了"古巴之夜"。她跟大家介绍我，说我是她的朋友，让我跟大家讲几句话。

　　朋友？你真的当我是朋友吗？我觉得我不能给我的朋友丢份，有必要把我事先准备好的满腹经纶跟大家分享一下。虽然他们不一定有前列腺问题，但至少今天是世界男性健康日，我要让"茄友"们不虚此行。

　　我接过话筒，把事先排练了不下十遍的腹稿朗声诵出："大家来自五湖四海，有着不同的信仰和爱好，但因为前列腺而成为兄弟，聚在一起定期吃番茄。所以我给大家带来了上好的番茄，它不是进口货，没有那么多层次的口感，也没有迷人的外表，但它能让你的前列腺多活二十年。

　　"当然，除了食疗之外，我还带来了一些更加有效的治疗手段。相信我，我叔叔就是得前列腺癌死的，我绝不欺你。"说到这里我站了起来，转过身去，用我的屁股对着"茄友"们。我告诉大家："多提肛，可以起到按摩前列腺的作用。就像这样，深呼吸，收紧括约肌，耸肩提踵，想象一下你旁边的朋友觊觎你的屁股，你吓得恨不能把两瓣屁股缝起来。就是这种感觉，你们找找。"

"茄友"们观察了一下自己的邻座，纷纷不寒而栗地夹紧了屁股，只有杨小草娇嗔地看了身旁的会长一眼。我装作没看见杨小草，表扬大家做得好，都已经领悟到了在前列腺中永生的秘密了。

"乾隆皇帝每次上朝时都要提肛，所以他虽然风流成性，夜夜笙歌，但仍然活到了八十九岁，成为中国历史上最长寿的皇帝。"我引经据典地告诉他们。

我看见好几个"茄友"偷偷地掏出便笺纸，记下了我的话。我想，大家果然被杨小草在红酒界的好学上进所感染，争做有心人，在这乌烟瘴气的场合仍然不堕其志。我暗暗点头，心想我的提肛操还有十多种变化，以后一定对这几个"茄友"倾囊相授。

我最后总结道，每天抽空做十分钟的提肛操，配合番茄，下辈子都不会得前列腺癌。然后我把话筒还给了杨小草。"茄友"们默然，我看见有几个人想鼓掌，却又碍于身份生生忍住。杨小草的眼睛里似有烟波流转，但是被她围棋一般的美瞳镜片遮挡住了，我什么都解读不出。

人们一片沉寂，只有歌声照旧。音响里传来Metallica（金属乐队）

的老歌："Exit light, Enter night, take my hand, off to never-neverland（出口
有光，进入即是黑夜，握住我的手，我们去一个你从未到过的地方）。"
这是那首*Enter Sandman*《睡魔入侵》，我听懂了歌词，这个世界没有白
雪公主和彼得·潘，只充斥着恶魔和谎言，要想去永无岛，你只能通过
一场梦境，一场赶在睡魔来临之前就到达的梦境。

在这梦境般的旋律里，我当着所有人的面，不卑不亢地吃完了我
带来的两个大番茄，然后提起肛门拂袖而去，和我的"茄友"们说了
再见。没错，我当他们是我的"茄友"。

王睿终于讲完了他的故事，而我却不知道说什么好。

"我最后再问你一个问题，问完我就和杨小草相忘于江湖，无论答
案是什么。"王睿目光深邃地向我保证。

"你问。"

"我想问的是，作为一个IT人士，以你的专业眼光看来，信号不
好，真的会导致彩信图片丢失数据包吗？"

我沉默良久，回答他："是的。"

"我的电脑显卡有问题，很多日剧播放出来，女主角也变成没有衣服的。"我用专业知识给他吃了一颗定心丸。

王睿长出一口气，嘴角泛起一丝微笑。他信守诺言，从此注销了人人网账号，和他的温迪相忘于江湖。我知道在他的世界里，番茄仍然是番茄，并没有变成雪茄，他仍然是那个一米八七、屁股硕大的彼得·潘，仍然动辄相信爱情，每晚都热泪盈眶。但是他梦境中的永无岛，大概已经永远地沉没了。

每每想起王睿的遭遇，我就感到无比心疼，觉得生活对他竟然如此残酷。当然除了生活，我也有一定责任，毕竟王睿当初问我"怎样才能装作经常吃番茄的样子"的时候，我只是敷衍了事，导致我们质朴、宽厚、沉默的王睿，在那群大腹便便、醉眼蒙眬的中年人中，被肆意地嘲笑和轻贱。不就是吃了几个番茄吗，不就是屁股大点、眼距近点吗，凭啥就瞧不起我们老王？！

今天我要进行一次亡羊补牢。老王，我知道你在看这篇文章，接下来我就来教教你，下次去这种场合，怎样才能装作经常吃番茄的样子。

1. 主食材是一个和屁股一样硕大的番茄，两枚土鸡蛋，鲜虾若干。我第一次做这道菜的时候，明明记得自己买的是虾，结果拿回家就变成虾仁了。我不知道是不是因为回家路上信号不好，虾也没了衣服。

　　2．将虾切头去尾，剥出虾仁。虾仁里有一条虾线，隐藏在虾的背脊处。虾线是虾的腥味之源，必须去除。

　　3．具体的做法：用小刀划开虾的背脊，挑出虾线。一般人用牙签挑，而我用手指，因为我指功深厚（平时用三指做俯卧撑练出来的，不要乱想）。

　　4．把切好的虾洗净，用胡椒粉、料酒腌好。然后一把抓过像屁股那么大的番茄，按照3∶1的比例用刀将其切开，大的做盅，小的当盖。

　　5．把番茄盅用勺子掏空，掏出的果肉可以立即吃掉。别嫌生番茄难吃，等你以后得了前列腺炎去医院做直肠指检的时候，你会后悔当初没有吃光武侯区的所有番茄。

　　6．接下来是打蛋液。打蛋谁都会，但是要注意，第一，加入的清水不能过热，否则会打成蛋花。第二，水和蛋液的比例应该控制在1∶1，这样蒸出来的蛋既不会老也不会稀，而是像豆花一样吹弹可破。注意我打蛋的动作，双手并用明显不够优雅，我只用右手，左手插兜，动作浮夸。这时我奶奶恰好进厨房拿东西，看见我打蛋的模样以为我傻了，我赶紧紧锁眉头，把眼距缩到最小以证智商。

7．用滤网滤去杂质和气泡。制作好的蛋液应该像镜面一样光洁。我看见碗里的自己，不禁爱怜地捏了捏那张小脸。

8．把蛋液倒进番茄盅里，不要装得太满，不然等揭开锅盖时你会以为番茄被蒸吐了。

9．通常蒸蛋碗要用保鲜膜封上，以防蒸锅锅盖上凝结的水滴滴入蛋液。但是既然有现成的番茄盖，就用它盖上后放入蒸锅内，小火开蒸。这道菜的精华就在蒸锅里，我没有使用自来水，而是在锅底放置了提前熬制好的鸡汤作为蒸底，让鸡汤的鲜香浓郁融入番茄盅里。

10．番茄的导热比碗慢，蒸十分钟左右蛋液才会初步凝固。这时打开番茄盖，把腌好的虾仁小心放置在半凝固的蛋液上，合好盖，接着蒸五分钟左右即可出锅。

11．起锅后撒上一点葱花和香菜，摆好盘。

12．番茄盅内的蒸蛋软而不烂，嫩而不稀，没有蜂窝，口感融入了虾的鲜美、鸡汤的浓郁和番茄的酸甜。

13. 既然是在"古巴之夜",不喝酒就显得不合群。但是喝红酒就优雅了?喝了以后第二天拉屎都是黑的,谈何优雅?要喝就喝烈性酒,只是要记得量力而行,别还没吃完番茄就吐了。优雅的番茄蒸蛋盅在你胃里绞碎后变成番茄炒蛋,吐出来又是一道新菜,这倒也是一种懒人厨艺。不过以王睿的酒量,在场的那些秃顶微胖中年人加起来都不是他的对手,他们别想吃到番茄炒蛋了。

酒足饭饱后,我开始了一场狂想。我想象着王睿像衔玫瑰一样把番茄盅衔在嘴里,手里提着威士忌,朝着杨小草走去,群众如潮水般退开,无人敢当。王睿走到杨小草面前,把她壁咚在墙上,由于含着番茄导致口齿不清,王睿结结巴巴地说:"我……问你最后一个……问题。你究竟……有没有……"

"整过,整过!"杨小草捂住刀锋般的下巴,哭着交代。

那半句没有说出口的"爱过我"被王睿连同番茄、虾仁、蒸蛋和他的单纯一起,吞进了肚里。我们的大屁股彼得·潘告别了永无岛,全成都最后一个长不大的小孩,终于长大了。

You are a super hero

如何才能在成
都吃到最伟大
的羊腰子

我的发小陈朝阳告诉我，成都是一座没有腰子的城市。

成都的烧烤摊上，基本上你能想到的生物或者意识形态都可以被当作烤材。比如我见过烤香蕉、烤银耳、烤鸡冠、烤小米手机（这个属于自燃）等等，但就是找不到烤腰子。

陈朝阳是一个远近闻名的腰子控。他出生在新疆喀什，小学时举家迁来成都。他一直喋喋不休地抒发着乡愁，说他最怀念的就是家乡的羊肉和羊腰子。他已经很多年没回过家乡了，只能偶尔在淘宝上买点内蒙古的羊肉制品当作"备胎"，聊以自慰。

陈朝阳告诉我，三十九度是一个伟大的纬度，如果说北纬三十度这条拥有百慕大、神农架、黑竹沟等神秘地带的纬度线是"消失线"的话，那么北纬三十九度就是"美食线"。位于北纬三十九度的大连拥有全中国最肥美的海鲜，而同在北纬三十九度的喀什拥有中国最好的羊肉和羊腰子。

我说："你已经回不去喀什了。"陈朝阳说："地球上还有一个三十九度，那就是位于南纬三十九度的新西兰，那里的羊肉被西方国家称作全世界最好的，而那里的羊腰子则是史上最膘的。"他问我知不知道为何工业革命时期大洋洲会被当作战犯的流放场所，我说不知道。

他说因为刑讯逼供的时候根本无须动用武力，直接把澳大利亚和新西兰产的羊腰子给他们闻闻，他们就啥都招了。陈朝阳边说边咽唾沫。

我恍然大悟，说怪不得古时中国都把战犯流放到西北，苏武还被匈奴抓去牧羊。原来他们也是惨遭"羊刑"。

陈朝阳说："放开苏武，有羊冲我来。新疆已经回不去了，我准备把自己放逐到新西兰，那里是我的麦加。"

可陈朝阳除了喜欢吃腰子外，还有一个特点就是英语差。试举一例。他曾经跟我说成都是一座没有腰子的城市，他说好不容易找到一家土耳其自助烤肉店，当时兴奋得都快勃起了，冲进去一问，没有腰子卖，而且墙上还写着"NO WAIST"，就是没有腰子。他说不卖腰子很正常，干吗还要张贴出来，没有腰子很了不起吗，很时尚吗？成都，一座没有腰子的城市。

他说："你们成都人不吃腰子都吃啥？吃前列腺吗？"我告诉他成都其实也和百慕大一样在北纬三十度，属于"消失线"。他说不，从现在开始，北纬三十度就叫"前列线"。

很多年之后我自己去了那家烤肉店才知道，人家明明写的是

"NO WASTE(不要浪费)"。

　　所以陈朝阳受限于自己的英语水平，去新西兰牧羊的道路走得并不顺畅。他先去惠灵顿读了半年的语言学校，好不容易拿到了大学的offer（入学通知）和留学签证，高兴得吃了半斤腰子庆祝，结果还没庆祝完就出事了。

　　那天他打来越洋电话跟我哭诉，说他吃完腰子后，浑身有使不完的劲，半夜里跑去隔壁社区的灯光球场，看见一群人在打篮球，他想参一个，就兴冲冲地跑去跟他们打招呼："Hello gays！ May I join you（你们好，我可以加入你们吗）？"

　　然后他就卷入了一场群体性事件，最后闹到了警察局。

　　我似乎明白了什么。不过也没敢追问下去，我知道那是比"羊刑"还残酷的事。

　　最终陈朝阳没有回到位于"前列线"的成都。他留在了南纬三十九度的新西兰，成了非法居民。他说他在一个朋友的亲戚家打黑工。

　　他朋友的亲戚家开了一家牧场，出产羊奶和羊肉。我说："你这岂不是因祸得福？"他说："是啊是啊，我现在明白了啥叫宁做新社会的鬼，也不做旧社会的人。我每天的工作就是挤羊奶，帮着屠宰场处理羊肉，到了晚上和大家一起烤羊排，喝红酒。我现在真是乐不思蜀，真同情你们这些生活在'前列线'上的人。"

我注意到他没有提到那个关键词，我问他："你难道忘了新西兰那比老虎凳还可怕的羊腰子？"他突然把声音压低了八度，鬼鬼祟祟地告诉我，这是他待在此牧场最大的秘密。

陈朝阳说西方国家讲人道主义，跟猪讲猪道，跟鹰讲鹰道，跟羊也讲羊道，杀羊都是电死，不放血。所以这里的羊肉特别地膻，可谓"羊间极品"。可是被电死的动物内脏都会受到不同程度的损害，所以取出来的羊腰子就不那么鲜嫩了。

但这难不倒来自和百慕大同属"前列线"的陈朝阳，他最擅长那种让物体凭空"消失"的伎俩。

他和牧场负责电羊的中国伙计沆瀣一气，串通好在电击之前让他去把腰子生抠出来。

我听到"生抠"这俩字，吓得肾脏一阵颤抖。我问陈朝阳："你取了腰子后，难道负责宰羊的师傅看不到羊肚子上的伤口？那还不得告你虐杀动物？"陈朝阳嘿嘿地一笑，说："你看过科幻小说《三体Ⅲ：死神永生》吧？里面的女巫能隔着头盖骨把人脑子取出来，我也有这样的本事。"

《三体》里的女巫是通过四维的空间做到隔空取物的，陈朝阳显然不可能，毕竟新西兰又不是百慕大。我明白，他是通过羊身上的某个神秘孔洞做到生抠腰子的，只是在这里我何必说穿呢？

陈朝阳说牧场的中国伙计把他当神一样供着，因为每天都有新鲜的羊腰子可以吃，还可以卖给惠灵顿的华人留学生赚外快。就是牧场的羊特别害怕他，看见他在栅栏外转悠，羊吓得直往羊圈里钻。陈朝阳说大概是因为它们嗅到了他手指上有同胞的肾气。他还因此得了个外号，被牧场的中国伙计称作"羊见愁"。

羊见愁跟我说不要挂念他，他现在过得很幸福。他用卖羊腰子赚的外快买了一辆二手宝马，还找了一个属羊的女友，二人过得很和谐。

我问他："你女友难道不怕你吗？"他说万幸那是个白人妞，不知道自己属羊。

挂了电话后我陷入了沉思。说实话，我很羡慕这样的生活。碧海绿地，蓝天白云，没有雾霾，没有压力，没有广场舞，只有腰子。

一周后，我收到了羊见愁快递过来的新西兰羊腰子，保鲜得很不错，收到时冰都还没化。打开包装，那一个个腰子仿佛还眷恋着主人的腹腔，一时半刻适应不了北纬三十度的生活。

我安慰它们：这里是成都，一座没有腰子的城市。你们来到这里，就是这里的王，那些香蕉、银耳、鸡冠、小米手机，都会对你们俯首称臣。因为这里是成都，No waist, No love（没有腰子，没有爱）。

接下来就是我今天的菜谱：如何做出一道史上最伟大的烤羊腰子。

1. 打开包装，尚未完全解冻的羊腰子看到我这张华人面孔，吓得依偎在一起，明显是惊魂未定。

2. 我宽慰着它们，说我不是羊见愁，我是李淳，一个来自北纬三十度的IT工作者。平时和计算机硬件打交道，经常隔着机箱活摘内存条，但不摘羊腰子。终于，腰子们放下了戒备，柔软了许多。

3. 其中有一个腰子颜色特别鲜艳，显得卓尔不群，我怀疑这是羊见愁女朋友的腰子，特意挑了出来放回冷冻室，不敢吃。

4. 新西兰腰子的块头太大，所以我将其横剖成两半，不然中心难以烤熟。剖开后请注意中间的白色部分，这是羊腰子的臊味之源。如果你口味轻，请务必将其去掉。我查遍了动物学文献都查不到这玩意的学名，最后在一本人体解剖学教材里，按照人肾的构造类推出这是羊的"肾大盏"，负责运尿，怪不得那么臭。当然，学名究竟是啥并不重要，机智的我国劳动人民称其为"臊腺"，很是"信达雅"。

请注意我切腰子用的刀具，这是陈朝阳小时候从新疆带到成都的维吾尔族短刀，叫作英吉沙。他出国前送给了我留作纪念，这是我第一次使用，端的是削腰子如泥。

5. 由于今天我还请了几个朋友到我家吃烤肉，他们的口味并没有羊见愁和我那么重，所以我选择谨慎对待生抠的羊腰子，决定先用水焯一下，去掉腰子里的血沫和原尿。

6. 煮的时间不要太长，煮到没有浮沫出来即可关火。浮沫就是腰子吐出来的血水和原尿，这一盘腰子让我打了整整一大海碗的浮沫。如果你打过腰子的浮沫，就会知道那是全世界最臊的东西。我记得刚认识陈朝阳的时候，一次在他家吃饭，他端着一个大碗径直朝我走来，说要和我结拜兄弟。我说是要磕头还是要喝血酒？他指指碗里的浮沫说，喝了它，一辈子。

我当时算是明白了苏武和澳大利亚流放犯们的悲伤，那感觉无法用语言表达。从那以后，再膻的东西都击不倒我。你们指责我口味重，嘲笑我作风野，那是因为你们不知我童年时经历过什么。

7. 把焯好水的羊腰子捞出沥干，然后用腌料腌好，在冰箱里冷藏。我使用的腌料如下。白酒（我用的是九十六度的伏特加，去不了膻味你抠我腰子），孜然粉（有孜然颗粒更好），秘制辣油，大料，柠檬汁（这个很重要，可以让肉类保持嫩滑），橄榄油（作用是锁住水分，烤出来不至于太干），酱油。

不要放太多香料，那样会掩盖羊腰子本身的味道。

8. 冷藏数小时后（有时间的话腌制一晚上最好），把羊腰子用铁扦穿上，准备烤制。为什么不用竹签呢，因为不够tough（坚硬）。

9. 接下来就要进烤箱了，请注意，我专门在羊腰子上层的烤架上放了一块羊排，要肥得流油的那种。目的是让其烤化的羊油滴落在羊腰子上，增加香味。羊排烤完就可以扔了，别嫌浪费。

这是我吃过的最好吃的羊腰子。我的朋友吃了以后对我赞不绝口，他们请我给这道绝世羊腰子起一个名字。我告诉他们，就叫G.O.A.T吧。他们问那是啥意思，我说那是羊见愁的文身。我那时认为以羊见愁的英语水平，还能是啥意思，就是"羊"的英文呗。他大概是怕记不住这个严肃的单词，所以给文在背上，以时刻提醒自己：勿忘初心，方得始终。

很久以后我才知道，羊见愁的英语水平在文身的那一刻大爆发。他告诉我，G.O.A.T不是"羊"的意思，它是一个缩写，It's short for Greatest of All Time.（"有史以来最赞最伟大的"缩写。）我被羊见愁的鸿鹄之志震惊了，我承认自己低估了他。

羊见愁鸿鹄展翅去了南纬，留下了北纬三十度的我孤独地生活在这座没有腰子的城市。我不能让他的情怀断代，没有腰子我就去抠、去抢、去用iPhone换，然后烤出一串又一串的G.O.A.T。我把他的鸿鹄之志也文在了自己背上，发誓要像当年我党把北大荒变成北大仓一样，我也要把这座腰子和爱的空城，变成the greatest waist city of all time.（有史以来最赞的羊腰子城。）

我在微信里向羊见愁展示了我的新文身，我告诉他我准备辞职去开烧烤店了，问他要不要回国和我一起干，毕竟我真的很想念他。他说他已经不再吃腰子，他在南纬三十九度找到了比腰子和羊肉更诱人的东西，那就是他属羊的老婆。没错，现在是老婆了，他也不再是非法居民了。

我总觉得他变了。这么多年来，我在等待的路上吃下了不计其数的腰子，可是我等的那个人，再也不会回来了。

后记：朋友们，欢迎你们来我的烧烤店，店名暂时还没有想好，本来想用"前列线"，但是被工商局给否决了。我语重心长地给工商局的同志讲述了起这个名字的原委，他们感叹竟然不知道自己在"前列线"上活了那么多年。但是规章制度还是要遵循的，这个名字就是不能用。

没办法，只能换个名字了。不过没关系，你们要想确定是不是我开的店，方法很简单，只需要走到老板面前，不问青红皂白地撕下他的衣服，看看他背上有没有文着G.O.A.T就知道了。

朋友们，来我的店吃腰子，送优惠券。每周二是Lady's Night，属羊的女士免费。

You are a super hero

草莓榴梿蛋糕，It's not goodbye

小曹和小刘是我的大学同学。熟悉我的朋友都知道，我是学信息安全专业的，而小曹和小刘是我班里专业成绩最出色的两个同学。他俩曾经代表我们学校去参加了四川省高校信息安全攻防比赛，击败了蝉联冠军的电子科大，然后像民族英雄一样凯旋，接受全学院同学的称赞。

小曹和小刘站在领奖台上，我们学院的孙院长把奖杯颁发给他俩，台下的群众沸腾了，不知是谁大喊了一声："天下英雄谁敌手？曹刘。"孙院长转过头恶狠狠地瞪了那个群众一眼。

小曹和小刘在台上相视而笑，风头可谓一时无两，谁又会想到若干年后，他俩会在人生的十字路口分道扬镳，渐行渐远呢？

小曹生得肩宽臀肥，就像一头北美灰狼，他每天在宿舍里做俯卧撑和腹肌撕裂者，练到酣畅时，叫声有如狼嚎，让整栋宿舍楼的人都胆战心惊。而小刘却生来清秀羸弱，尤其在每次班级聚餐后，酒量还没膀胱大的小刘总是不胜酒力地蜷缩在沙发一角，像一只受伤的小鹿一样，我见犹怜。小曹则千杯不醉，他每次都将小刘扛回宿舍，然后不屑地将其扔在床上，就像狂野的猎人扔下一只刚被打死的鹿一般潇洒。

所以我们实在搞不明白，一头狼和一只鹿是如何成为兄弟和搭档的？乔峰和段誉这样出身、性格都不一样的朋友只会存在于小说中。

答案也许只有他俩才知道。

大学毕业后，家境相对优越的小刘去了美国留学。而小曹则留在了国内，他因为英语太差，保研失败，负气进入了一家民营IT企业，负责给客户提供信息安全解决方案。小曹就像一头狼被分配到猪圈工作，把自己的狂野发挥到了极致。

试举一例：曾经有个客户深夜到访，哭喊着求小曹给自己做一个解决方案，说自己和未来的老婆一起去闺密家做客，自己iPad的Wi-Fi一进门就自动连上了，现在老婆正在家里磨刀，在社交网络上声称要"骗"了他。他赶紧溜出来找万能的小曹救命。

小曹赶在他老婆的菜刀开刃之前做出了解决方案，那是一段客户对老婆的告白：

老婆大人，请刀下留情，听我一言。一言不合，再"骗"不迟。

刚才在小欣家，咱俩之间出现了一些误会，我在这里做一个剖心之谈，这些话我本来是想留到我们订婚后再告诉你的。

我一直想送你一辆奥迪TT当新婚礼物，但是囊中羞涩。我打听了泌尿系统的黑市价格，发现我不仅要卖肾，还要搭上一个前列腺才买得起一辆奥迪TT。我相信比起奥迪TT，你还是爱我的前列腺多一点。

所以我决定结合自己的专业搞点发明创造。你知道美国著名电学家特斯拉吧？他发明了无线充电，解决了全世界人民的能源问题。美国政府为了保持建立在石油基础上的美元强势地位，不惜将特斯拉迫害致死，对他的各项专利和小发明进行残酷镇压，使之至今不闻于世，只流传于各类民间科学网站的热门分享里。

而我就是这样一位民间科学家，我发明出了一种无线信号放大装置。它能放大无线路由器发出的信号功率，将其广播范围从二十米放大到两公里，并且内置的芯片能够暴力破解无线网密码。我正准备申请专利，同时已有很多客户对我的小发明赞叹不已，准备将其产品化。他们说我的无线放大器不仅是民族的，更是世界的，它成功解决了全世界人民的蹭网问题，中国电信、AT&T（美国电话电报公司）等通信寡头的霸权在我的产品问世之后都将被扫进历史的狗屎堆。但是我需要汲取前人的教训，因为我的发明一定会得罪那些权钱勾结的利益部门，如若提前公之于世，等着我的就是暗无天日的追杀。客户们甚至夸我是"中国的特斯拉"，建议我发表专利论文时为了掩饰真实身份，可以起个笔名叫"哥斯拉"。

但我没有那个野心改变世界，也没有野心成为"哥斯拉"或"爱迪死"。

所以我决定把专利转让给一家通信设备制造商，一次性获得足够的专利转让费。这样不仅能给你买奥迪TT，还能把我们下辈子的ADSL（非对称数字用户环路）费用都给包圆了。我虽然没有解决全世界人民的蹭网问题，但是解决了咱俩的。我不是民族的，也不是世界的，我只是你一个人的"哥斯拉"，你一个人的"爱迪死"。

上周我跟那家通信设备制造商的老总在一家咖啡厅谈判，给他演示我的无线放大器。演示的时候突然发现密码破解模块的程序有一点问题，连咖啡厅那1234567890的简单密码都破解不了。我急得满头大汗，生意黄了没啥大不了，问题是对我的名声有损，以后再也没有商家会购买我的专利，也再不会有特工来暗杀我了。我突然想起你的闺密小欣家就在这咖啡厅附近，直线距离不到两公里，于是我在放大器接收到的无线网络列表里仔细寻找，果然找到了一个叫"xiaoxinzuipiaoliang"的无线网络，那肯定就是小欣家的Wi-Fi！

于是我借口上厕所给小欣打电话，询问了她的无线密码，然后回到座位上，告诉客户我已经成功破解了"xiaoxinzuipiaoliang"这一无线网络的密码，并掏出我的iPad，演示给客户看。我成功连接上了经过放大后的"xiaoxinzuipiaoliang"，并且当着客户的面下载了一部毛片。客户当即拍板表示愿意购买我的专利，下周就和我签合同。

那不是冷冰冰的合同，而是我俩的美好生活，是我对你深沉的爱！

这下你明白我的iPad为什么会自动连上小欣家的Wi-Fi了吧？这就是我，一个信息安全从业者的自白。

哥斯拉

小曹甚至去百度图片里找了一张野生民间科学家自制的易拉罐信号放大器图片，照着做了一个，让客户拿回家演示给老婆看，让他告诉老婆这就是他即将改变世界以及获得诺贝尔和平奖的产品。客户忐忑地提出疑问，说这是个无线路由器的发射信号放大器，不是接收放大器呀。小曹不屑地说："你以为你老婆分得清吗？赶紧滚回去，再不回去她菜刀都磨好了。"

果然不出小曹所料，普通女子是分不清什么是发射器和接收器的，依靠这样一段诚贯金石的告白，客户成功化解了自己的家庭矛盾，保住了自己的清誉。他说小曹对自己恩同再造，吃水不忘挖井人，他每想起这件事，都会在心里默默地思念小曹，吓得小曹连连摆手说："不必了，你已经付过费了，你忘了我吧。"

听闻小曹的解决方案后，我感叹不已。当年他睥睨成都信安界的风采依稀，只是他身边的那个人已经不在了。

那个人，那个像小鹿一样的小刘，在美国读完研究生后，他迷失了。他曾先后在SAP（SAP是"Systems Applications and Products in Data Processing"的简称，是SAP公司的产品企业管理解决方案的软件名称。）和思科任职，但都不久，他说他不喜欢他们的企业文化，而我知道这一定不是真实原因。内敛随和的小刘当年成天被我们灌酒、千年杀、阿鲁巴，尝尽各种校园"酷刑"，仍然和我们成为"管鲍之交"，我敢保证哪怕思科的企业文化是吃老员工的屎，他都会干下去。经过多方打听，我终于知道他在美国迷上了赌博，在当地华人开设的地下赌场里输得裤子都没了，欠下一屁股高利贷，仍然执迷不悟。后来他机缘巧合地进入了一个华人网络社区上班，他听说那里有一种新鲜的赚钱模式，可谓一本万利。他在QQ上眉飞色舞地跟我讲述，他成了一名制片人。我脑海里顿时闪过了王中军兄弟、韩三平大爷这样的影视大亨。我想，小刘发达了，现在一定住在比弗利山庄的豪宅里，说不定还包养了贾斯汀·比伯。

我艳羡地给小刘发信息，提醒他"苟富贵，无相忘"。小刘回答说他不是那样的人，他始终记得，我当年在大家提着他的四肢在电线杆上阿鲁巴时挺身而出，建议把他翻一面再继续。小刘说："翻一面舒服多了，我一直记得你当年的仗义。我今朝得道，定会带着你鸡犬升天。"

我连称受之有愧，小刘却执意要当场就带我鸡犬升天。我问他是要打钱给我，还是准备把比伯每周分我几天？我果断表示咱们还是谈钱吧！小刘不说话，故作神秘地给我发来一个压缩文件包，我打开一看，全是种子文件，文件名以日文为主，不堪入目。

我问他，这算哪门子鸡犬升天？小刘告诉我，他现在的工作就是对正版的AV片源进行破解和压制，然后制作成种子文件发送到论坛里，供大家下载。他通过在下载链接中设置广告等方式，获得点击费用分成。客户每下载一次种子，他就能获得将近零点一美元的回报。这样一来，他每月能有超过一万美元的收入，比他在SAP和思科的收入加起来还高。"我在二十四岁的年纪就步入了中产阶级。"小刘总结道。

小刘说他入行不到半年就还清了欠下的高利贷，并且和高利贷公司的老板成了"管鲍之交"，感情好到经常和老板们玩阿鲁巴，玩到兴奋时小刘会笑着央求："翻翻面，翻翻面！"这就是美国中产阶级的生活。

我终于明白了，小刘就靠着这种地下产业发家致富，然后"苟富贵，无相忘"地给我发来了热气腾腾的种子，带着我鸡犬升天。"你是不是在美国待久了，中文都说不利索了？你这不叫制片人，叫发片员。"我气呼呼地纠正小刘。

我惋惜地对小刘说："当年你可是信息安全攻防比赛头奖得主，全四川省最顶尖的黑客，现在你却把你的天赋全部荒废了。"小刘说："你有所不知，我把黑客手段应用到了工作中，我用分布式拒绝服务攻击的原理，用全球的肉机去点击广告链接，给我增加收入，我曾在一个月内就挣了十万美元的分成。"我说人家有验证码啊，小刘说某些网盘的验证码存在漏洞，他通过抓包并不断提交的方式就可以实现暴力破解，然后就可以刷广告点击，这叫学以致用。

我感叹道，四川信安界曾经的"绝代双骄"，一个在教人如何用路由器搞婚外情，另一个在用分布式攻击手段点击AV广告，这就是生活。

听我提到小曹，小刘沉默了。过了半天他才喃喃地说道："我一直觉得，我会在某个场合和他重逢，It's not goodbye（这不是永别）。"QQ上冰冷的文字无法让我感受到小刘的情绪，但我仿佛能看到网络彼端的那只小鹿，眼睛里仍然有着未曾熄灭的火焰。

若干年后，我挥别了IT业，成了一名金融民工。这使得我和老同学们的联系日益减少，我没想到和小曹、小刘的重逢，会是在那样一个历史时刻。

就在前几天，我在QQ上看见了久违的小刘。他给我留言，请我帮他打听一下小曹现在在哪里工作，他不方便直接问小曹。我执意问小刘怎么了，他拗不过我，只得向我道出了实情。

小刘所工作的华人论坛前几天遭受了前所未有的网络攻击，身为发片员和网管的小刘自然是冲在了抗击入侵的第一线。一开始他以为只是简单的拒绝服务攻击，仅仅会阻塞网络，在短时间内导致网站无法访问。但后来他发现事情没有那么简单，服务器上除了系统区的所有文件都被删除了，他这才明白遇到了高手。小刘没有详细描述对方的作案手段，但是他说这种攻击方式他就是闭着眼睛也知道是谁干的，他称之为"会心一击"。当年在信息安全攻防比赛上，小曹就是靠着这一招"会心一击"，黑掉了电子科大的服务器。

当年"青梅煮酒"的英雄，现在终于在战场上"兵戎相见"。小刘说他能判断出小曹的背后是一个强大的组织，有着难以估算的硬件和信息资源，他根本不是对手。所以他让我去问小曹，那个组织究竟是什么。这就像武侠小说里的人输给了无名高手后，总是要苦苦求得该高手的名号，即使不报仇，也要死个明白。

其实何必多此一举呢？大家虽然现在一个在金融行业，一个在影视行业，但咱们都是从信安行业里出来的，最顶尖的黑客就是"红客"，这是大家心照不宣的事实。

但小刘还是不死心，他说没看到我和小曹的聊天记录，他不会相信小曹被"招安"了。这就是小刘，温和、倔强、相信人性，像极了一只冰天雪地里的白鹿。

我辗转找到了小曹，我问他："你在替什么组织工作？"他简短地回复我三个字母"GFW"。我知道这是Great Firewall（长城网络防火墙）的缩写，这缩写足以验证小刘的猜想。我正打算多打听几句，小曹说他要去开民主生活会了，有空再聊。

我去告诉了小刘，并问他有什么感想。小刘感伤地表示，北国的苍狼来到了温暖的动物园，那里有空调房和加工好的生肉，它和人类成了朋友，每天在笼子里"言笑晏晏"，供人类赏玩，它再也不愿回到狂野的北国，那里只剩下白鹿和空寂的旷野。

是的，小曹再也不用在一个三流的民营企业里帮人设计用来搞婚外情的路由器，他有了一个无限大的舞台，就像一个隐伏于野的军事天才终于得到了兵符，从此告别"键盘"军事家的生涯，得以指挥千军万马，这是何等的意气风发。

　　"不，他最意气风发的时刻，永远是我们站在攻防比赛领奖台上的那一瞬。"小刘坚持这样认为，"天下英雄谁敌手？曹刘。"他不断地重复着这句话。然后他非要跟我回忆他和小曹的第一次见面。那天他在大一的迎新聚餐上喝多了，去洗手间里吐，但是啥都吐不出来。就在这时，他感到喉咙里多了一根条状物，他抬眼一看，那是一根手指，一个满面风尘的壮硕男子正把右手伸到他嘴里。"兄弟，不要客气，用我的。"那男子表示。然后小刘吐了他一脸，这就是苍狼和白鹿故事的开端。

　　"人生若只如初见多好，我宁愿每天都喝醉，每天都被他用手指插喉，每天都吐得撕心裂肺。"小刘总结道。我明白在地球的那一端，他正在电脑前借酒浇愁，只是那根粗大的手指已经不在了，他想吐却吐不出来。"以后你得学着自己把自己插吐。"我安慰小刘。

　　昨天夜里，我试着在浏览器里输入那个华人论坛的地址，映入眼帘的仍然是一行繁体字："論壇最近受到大規模的DDOS（分布式拒绝服务）攻擊，伺服器也許會經常無法正常運行（论坛最近受到大规模的DDOS攻击，服务器也许会经常无法正常运行）。"它就像墓志铭一样冷漠，这就是告别吗？

那只在风雪里被吓大的白鹿可不这样想，他说这不是结局，他没有输。他问我知不知道当年攻防比赛的最后一道题是什么，我说："不知道，难道是让你们去攻击美联储的防火墙？"他说最后一道题是问大家，网络攻击的最高境界是什么。小曹给出了正确答案：社会攻击。比如拔网线、用榔头砸烂对方的电脑、阿鲁巴对方迫使其说出网络密码，等等。

当年小曹击败电子科大信安团队靠的就是一招社会攻击，他在发给电子科大的数据包里加入了明文信息："认输吧，我给你冲300Q币。"这彻底动摇了对方的军心，让科大的团队分崩离析，不战而败。而这次发往华人论坛的数据包里也包含了明文信息，只不过换成了英文："Delete your data or I will fuck your mother.""I know your mother's home address."（"删除你的数据，不然我×你妈。""我知道你妈在哪儿。"）等等。小刘说这要不是小曹干的，他把脑袋掰下来给我当夜壶使。

"原来你们服务器的数据是被自己人删掉的，真是一群懦夫。"我鄙视小刘。

小刘说他正在努力恢复数据，他说哪怕信安界全是懦夫和胆小鬼，那也不包括他。他给我讲述了一个我从未听闻的故事：2011年6月，该华人论坛的服务器机房遭受了一场大火，那把火烧掉的虚拟资产比圆明园还值钱，唯一幸存的硬盘阵列就是小刘抢救出来的，他差点被烧死在机房里，但他没有跑。他说那次大火其实是美国一个黑客的社会攻击，该黑客因为论坛不开放注册会员，一怒之下去机房纵火。论坛恢复运营之后由于会员信息丢失，开放注册了一段时间，那个黑客乘虚而入，成功注册，后来甚至成了技术讨论区的版主。

"搞信安的人都是军事家，不去当将军可惜了。"小刘感叹。

我恍然大悟，怪不得上次小刘回国参加同学的婚礼，我看见他的手臂上有大片的疤痕，原来那是烧伤的痕迹。我感动得无法言语，这只白鹿在风雪中坚守着最后的旷野，哪怕那旷野已经空空如也。我明白小刘在等待什么。他太了解小曹的个性，他明白这远不是结局，他在等待一个最后的总攻，那一定会是社会攻击。

"有什么社会攻击能吓到我？老子当年被几十个人围住阿鲁巴，什么场面没见过？"小刘豪气干云。

你不是唯一的白鹿，旷野里还有我，还有三千万在论坛里"相逢何必曾相识"的网友。今夜我们都是白鹿，我们和你一起等待着最后的结局。

今天的菜谱，献给小刘，献给那个万里之外的网络社区，聊作纪念。

事先声明，由于时间和技艺所限，我选择了非现场合作方式，找了一位身在德国的朋友帮我做这道菜，毕竟我真的不会做蛋糕，也没时间学习。今天的菜谱是经过我设计改良的榴梿千层蛋糕。

1. 以下是烘焙和做蛋糕所用的模具。看起来有点像成套的SM工具，尤其是中间那个黑色的塞子。

2. 接下来是主要食材，草莓和榴梿。我特意吩咐那位朋友用单反拍照，果然效果不凡，隔着屏幕都能闻到榴梿的臭味。

3. 四个加起来没有重量的鸡蛋，也就是说她用的是"蛋魂"。一块黄油以及五百毫升牛奶。

4. 将黄油八等分，切下其中八分之一，连同蛋魂、牛奶和面粉一起倒入容器中。面粉记得先筛过，留下细碎而美好的面粉。鸡蛋可用两个全蛋和两个蛋黄，那样蛋糕做出来色泽偏黄，更好看一些。（不要来问我剩下的俩蛋清怎么处理，我没时间回答这么幼稚的问题。）把所有东西加入容器里后，用打蛋器进行搅拌，注意她的手法，和我的无影铲明显不一样，做蛋糕不需要那么狂野。

5. 接下来把搅拌好的鸡蛋、黄油、牛奶混合物放入平底锅内，摊成煎饼，怎么摊煎饼就不用我教你们了吧，要是不会的话去百度一下煎饼馃子的做法。看看人家的"平底锅团队"，我都开始怀疑这姑娘的嫁妆是厨具了。

6. 摊好的煎饼放进盘子里冷却待用。我们今天要做的是千层蛋糕，所以你需要摊很多煎饼，虽然不一定有一千张。据我朋友说，她摊了三百多张煎饼，最后只剩下四十张。那二百六十多张煎饼被她边摊边吃，因为实在是太香了，没法忍。朋友们，这就是差距，你能想象日本的寿司之神边做寿司边吃大米吗？要想成为煎饼之神，一定要管好自己的嘴。

7. 然后做夹心奶油。之所以叫夹心奶油，是因为奶油要被抹在两层煎饼之间。我用的打蛋神器长得像电钻，一看就是懒惰的德国人发明的。开启打蛋神器，将液态的奶油低速搅拌半分钟，然后在奶油里加入适量白糖，再高速疯狂搅拌三分钟，直至把奶油搅拌成"硬汉奶油"。

8. 接下来做夹心榴梿。戴上防毒面具把榴梿掏空，然后将榴梿肉用打蛋神器打碎，做成榴梿酱。有空洞恐惧症的人不建议进行这一步操作，掏空后的榴梿会让你崩溃的。

9. 将奶油和榴梿酱均匀涂抹在煎饼之间，按照煎饼—榴梿—煎饼一奶油的顺序。这十分考验耐心。像我这种急性子的人恨不得把煎饼也加到打蛋神器中和奶油、榴梿一块搅了，然后直接吃糊状物，反正到了胃里都一样。

10．将草莓放在蛋糕上，即大功告成。或者你也可以将草莓打成汁，放入剩下的奶油里，再均匀地抹在蛋糕上，放在冰箱里两个小时后取出来，就形成了一个榴梿草莓奶油蛋糕。

我那"仗义疏蛋"的朋友怕我吹毛求疵，多做了好几个版本供我挑选。烹饪的麻烦暂且不提，吃下这么多蛋糕她得摄入多少热量？估计都快吃出脂肪肝来了。如此大的恩情我当如何回报？去给她发点种子让她鸡犬升天又不大合适，只有先记在账上，我会想着还的。

这就是今天的草莓榴梿蛋糕，华丽的外表下是一颗苦心，此中有真意，苦心人自然领会得来。我给这蛋糕起了一个名字，叫"It's not goodbye"。朋友们，离别是为了相聚，你我都要相信，小曹、小刘，他们一定都会回来的。

You are a super hero

守夜人的蛋

有味道的地方就有江湖——樊鹏举。

四川人是一个很倔强的群体，他们总是有一些或庄或谐的坚持以及信仰。试举三例，一是当年清军入川，川人因不愿接受剃发易装而几乎被屠杀殆尽（当然这事被赖到了张献忠头上）；二是汶川地震时，有很多四川人因为麻将没有打完而拒绝出逃，导致身陷困境；三是不吃白水煮蛋。

战乱之秋早已不复，地震也只是上帝掷骰子。评判一个四川人是否地道，只需要看他吃不吃白水煮蛋。

一个真正的四川人，从来不吃白水煮蛋，就像四川人从不说普通话一样。

他们不是不会说普通话，在和外地朋友沟通时也会荒腔走板地说上几句，但是自己人关起门来交流时打死也不说。

他们嫌普通话太寡淡，没有生活的质感，对于白水煮蛋的看法亦然。我曾经在某酒店餐厅见过一名操着四川话的客人，要求煎蛋师傅提供带料加工服务，说："你们这里的白水煮蛋和煎蛋太难吃了。"师傅辩解说："我们的蛋都是直接从农民手里采购的上品土鸡蛋，绝非转基因蛋。"该四川人掏出一包红茶，说："我不是要提供蛋，我提供茶叶，你明天早上给我做几个茶叶蛋，记得第一锅茶水要倒掉，太涩。"

这就是成都人对于味道的执念。

天下之味在成都，成都之味在玉林。

在我小的时候，也就是二十世纪八十年代吧，玉林还是一片农田，那时我爸用自行车载着我沿着一环路去上幼儿园，每次都要路过一辆正在作业的吊车，我都会像和老朋友告别那样对着吊车大喊："吊车再见！"有一次我爸抄了一条近道，我愣是满地打滚地要求他倒回去重新路过一次吊车，我还没跟它说再见呢。

年少的我并不知道，房产证都只能管七十年，何况吊车？吊车来了又去，它注定只是个过客。二十世纪九十年代，成都沧海桑田，原本是城乡结合部的玉林麻雀变凤凰，一跃成为成都的第一个富人区。玉林有着太多的故事和传说，它在那个百废俱兴的年代，被称作成都的"铜锣湾"。这里诞生了成都最早的一批夜店和酒吧，张靓颖、谭维维等一大批日后走红的艺人歌手曾在此驻唱。当然，玉林的老人们对娱乐圈那档子事并无太大兴趣，他们感兴趣的只有味道和江湖。

有味道的地方就有江湖。

　　玉林是一个四平方公里左右的矩形社区，在这片社区的北端，是著名的四川省运动技术学院，这里走出了无数四川人民耳熟能详的运动员。在那个全民为足球而狂热的二十世纪九十年代，他们是这座城市的名片和英雄。在不计其数的英雄传说里，卫俊是最传奇的那一个，当年整个川渝地区的年轻女性都哭着喊着要嫁给他，一时间"嫁人要嫁卫大侠"被传为体坛佳话。二十多年后，我在某著名富二代的社交网络里也见到过类似的"群众运动"，想必该富二代也是和卫俊一样的"江湖异人"。

　　当然，如今的玉林，看过卫俊踢球的年轻人已经不多了。但你走进这里的每一条街道，还是能够听到许多关于卫俊的传说。例如，这里百分之九十的餐厅老板都宣称"卫俊当年在此砍过我"，说到逸兴遄飞时，他们会撩起围腰，指着自己啤酒肚上的脂肪褶皱说："你看见这刀疤没有，这就是卫俊砍的——老吴，你说是不是？"老板见食客们不以为然，转头求助于墩子。

　　墩子一边剁着蒜泥，一边附和道："就是就是，你的包皮都是卫俊割的。"

　　玉林一百零八家餐馆，老板们个个都像菜园子张青，仿佛下一秒钟就会将你食肉寝皮。他们对此理直气壮，强调这是卫大侠留下的精神瑰宝，要发扬光大。

玉林的老人们对此颇不以为然，他们认为，卫俊被称作大侠，绝不仅仅是靠匹夫之勇。我问老人："我们听到的卫俊的故事，已经被加工得比聊斋还玄乎，我要去哪里才能穿过野史迷雾，找到一个真实的卫俊？"

老人说："你去陈瘸子的面馆吧，据说他是卫俊的师兄。"

陈瘸子的面馆位于玉林深处，那是一条幽静的小道，不似别的街道那样浮华繁杂。他的面馆卖一些四川的家常面，味道并无过人之处，倒是配菜里的竹筒蒸蛋深受群众欢迎。大多数人就是冲着竹筒蒸蛋去陈瘸子的面馆的，但陈瘸子是个有原则的男人，你要是不点面，他就不卖蒸蛋。有一次，一个操着北京口音的年轻人挥舞着百元大钞，冲着陈瘸子叫嚣："我就只吃你的蛋，你丫卖不卖吧？！"

"我丫不卖。"陈瘸子奋起反击。

丫真是一个又瘸又硬的倔老头。

陈瘸子的面馆总是开到早晨五点才打烊，它大概是整个玉林最晚关门的餐馆。玉林的老人说，二十年前，玉林刚从农田变成住宅区时，甚至还有更夫这种古老的行当，打更声从来不会惊扰玉林人的清梦，只会让他们睡得更安详。而现如今的玉林，夜店里的最后一曲欢歌就是丑时四更的报时，直到那时玉林才会真正睡去。

玉林的老人总是沉醉于早晨五点卷帘门缓缓关闭的声音，那是陈瘸子的面馆打烊了。铁帘和水泥地碰撞的噪音就像更夫的梆子，声声敲击到人们的心灵深处，敲得玉林人直欲断魂。老人们说，陈瘸子就像玉林的守夜人，最后一个守夜人。我问其中一位老人，陈瘸子守护的是什么？老人想了半天说，守护的是玉林人的风骨，只要陈瘸子还在这里，玉林人就绝不会吃白水煮蛋。

在老人的力荐之下，我在一个夜晚来到了陈瘸子的面馆。那是一家典型的苍蝇馆子，不到十张桌子，灯光昏暗如豆，远处的"音乐房子"酒吧传来震耳欲聋的摇滚乐，而陈瘸子站在后厨煮面，背影佝偻又坚定，仿佛一切喧嚣都和他无关。

我找了一张看起来有些年头的板凳，运足了力，气沉丹田，就像这张板凳睡了我媳妇一样死命坐下去。板凳发出了巨大的声响，虽未发生结构性损伤，但店里三三两两的食客全惊呆了，像看精神病人一样看着我。

我并未犯病，此乃玉林的老人们教授给我的绝技：一定要坐得铿锵有力，最好把椅子坐折。说此招过后，陈瘸子必定对我青眼相加。

果然，那个在后厨对谁都爱搭不理的陈瘸子循声而出，他朝我上下打量，眼神渐渐变得柔和，就像想起了某件温馨的往事，或者某位老去的故人。

我遵循程序正义，叫了三两杂酱面和一份竹筒蒸蛋，面条中规中矩，蒸蛋是真名不虚传，没有一丝蛋腥味，嫩滑得就像婴儿的皮肤，搭配上香菇和肉末，完全就是一件艺术品，让人不忍下口。我终于明白这家貌不惊人的餐馆为何能在挑剔的玉林人嘴下存活那么多年了。

"小伙子，你运气不错，这蒸蛋是陈瘸子的手艺。他很少亲自做蛋了，你和他是什么关系？"邻座的老头艳羡地盯着我的竹筒。

"我第一次来这里，不认识陈瘸子。"我如实回答。
"啧啧，看来坊间的流言不是空穴来风。"老头拍了拍我的肩，奸邪地笑了。

"什么流言？"我不解地问。

"你没听说过吗？陈瘸子喜欢男娃娃，就像你这个年纪的男娃娃，年轻，有激情，满钩子都是劲。"

"钩子"在四川话里是屁股的意思，这么粗俗的词从一个老头的嘴里说出，让我一阵心惊胆战。我总算明白为何老人们让我用力坐板凳了，因为这就是所谓的"满钩子都是劲"。陈瘸子在厨房里听见我展示的"才艺"，直听得心花怒放，听得他挽起袖子亲自下厨。这让我一阵恶心，哪里还有胃口继续吃蛋？当即起身走人。陈瘸子在后面一瘸一拐地追出来，吓得我抱头鼠窜，三步并作两步地跑出了玉林。

自那天以后，我在两年里都没有去过陈瘸子的面馆。我认定他是一个老变态。

而玉林依旧。每天入夜，火锅店浓厚的牛油味刺激着人们的激素，小酒馆里朋克乐手一喝醉就拉着陌生人喋喋不休，身着肥大运动校服的中学生呼啸着从街上疾驰而过，青涩的情侣三三两两地在路边嬉戏，以及热吻。我独自一人在玉林的街道上，模仿着二十年前的卫俊，叼着牙签，摇摇晃晃地穿行。

我听见金属撞击和玻璃爆裂的声音，我想这一定是一场殴斗。在二十年前，这在玉林比行人闯红灯还常见，人们连警察都不会叫。再说那个年代也没有手机。而今天的玉林，江湖之气早已变得稀薄，我大为兴奋地循声而去，想要看看热闹，看看二十一世纪的玉林超哥，是不是还是当年的模样。

打群架的双方似乎分出了高下，胜者正在勇追穷寇，而败方逃进了一条小巷，那是一个死胡同。胡同的尽头是一家不起眼的小面馆，那是陈瘸子的面馆。我想，这陈瘸子自称是卫俊的师兄，他岂能容忍血溅门庭？这下可有好戏看了。

几个满脸是血的年轻人眼见无路可走，跌跌撞撞地冲进了陈瘸子的面馆。其中一人甚至冲进了后厨，也许他是想去找把菜刀武装自己，但是就像撞到了弹簧上，连滚带爬地被弹射了出来。

我看见陈瘸子从后厨走了出来，一副渊渟岳峙的宗师气度。他像是没看见门口手持钢管和酒瓶的壮汉，面无表情地冲着厨房门上的标语努了努嘴，上面写着"后厨重地，非工作人员莫入"。

门口的一个壮汉A似乎认识陈瘸子，他示意自己的人不要进去抓人，然后自己找了一把靠门的椅子坐下，颇为客气地对陈瘸子说："陈哥，这几个龟儿子打了我们老大的儿子，今天这事你不要插手，把他们交给我带走，我保证不会溅一滴血在你店里。"

"你要吃什么面？"陈瘸子转身看着壮汉A，对他的话置若罔闻。

"我不是来吃面的。陈哥，给我个面子。"壮汉A仍然保持着耐心。

"你要带人走，可以。先吃面，再吃蛋，然后埋单。埋完单你想干啥干啥。"

"这叫程序正义。"旁边一个老头替陈瘸子解释道。我认出来了，这就是那个告诉我陈瘸子喜欢年轻男娃娃的奸邪老头，看来他每晚都在这里。

壮汉们按捺不住了，他们用钢管敲击着卷帘门，大喊着"你们出来！"，却又不敢进屋抓人。壮汉A拍了拍桌子，让其他人少安毋躁，他跟陈瘸子说："我们吃过晚饭了，来十个蒸蛋吧。"

"不行，你必须先吃面，这是原则。"陈瘸子眯缝着眼睛慵懒地回绝，嘴都懒得张开。

壮汉A悻悻地点了十碗素椒杂酱面和十个竹筒蒸蛋，由于面馆太小，其他壮汉只能端着碗蹲在门口进食。外面的围观人员，包括我在内，都惊呆了，我们生平从未见过如此古怪的场面：十分钟前还打得你死我活的两拨人坐在同一家破破烂烂的餐厅里，共吃一锅面，所有人都一言不发，沉默得几近肃杀，几十米外的音乐和划拳声似乎来自另一个世界。

那几个孩子也点了面和蒸蛋，他们都被砍成那样了，居然还有心思吃？成都人也忒可怕了。当然，也有可能是为了防止因不消费而被陈瘸子赶出面馆，毕竟这里已经成了他们的避风港。孩子们吃完了一碗又点一碗，桌上的碗已经堆放不下，他们撑得直打嗝，仍然含着屈辱的泪水往嘴里强塞。旁边的壮汉们早已磨刀霍霍，但是根据玉林的程序正义，他们只能等待。陈瘸子坐在旁边闭目养神，似乎对满屋的杀气视而不见。

这时，打破平衡的人物出现了。壮汉B指了指面前的竹筒蒸蛋，说自己不吃蛋黄，要求陈瘸子换成白水煮蛋，说白水煮蛋低热、健康，而且可以丢弃蛋黄，只吃蛋白。

我身边的围观群众对其赞不绝口："现如今黑社会也这么讲究了！""低碳砍人。"却见奸邪老头的筷子吓得掉到了地上，他似乎听到了人世间最可怕的消息。

陈瘸子从椅子上费力地撑了起来，嘴里不知何时多了一根牙签。他迈着八字步，晃晃悠悠地朝壮汉B走去。这体态我再熟悉不过，这不就是玉林人口耳相传的"卫俊步"吗？

那一群壮汉不认识什么卫俊步，他们似乎并未意识到接下来会发生什么，显然，他们不是玉林人，对这里的历史一无所知。

他们即将为自己的无知付出代价。

陈瘸子慢条斯理地踱到壮汉B跟前，收走了他不屑一顾的蒸蛋，然后不知怎的，那一竹筒蒸蛋连竹筒带蛋来到了壮汉B脸上。

太快了，没人看清发生了什么。壮汉B被烫得哇哇乱叫，他操起钢管就冲向角落里那几个可怜的孩子，认定是他们扔的暗器。

陈瘸子看似不经意地一伸脚，壮汉B被绊了个狗啃泥，准确说是"狗啃蛋"，他脸上的蒸蛋还没来得及抹掉呢。

"你别冲他们去，刚才的暗器是我发的。"陈瘸子笑道。

屋里屋外的十条壮汉，从A到J都站了起来。虽仍不敢贸然出手，但看得出来他们早已对这个傲慢又嚣张的瘸子忍无可忍。

围观群众里有年轻人窃窃私语："这瘸子有啥背景，这么牛哦，黑社会都愣是不敢动他？"

"年轻人，那可是陈瘸子，卫俊的师兄。"一个中年胖子冷冷地回答，"你好好看着，受受教育。"

"陈老板，我虽然不在玉林混，但你的名声我也早有所闻。我今天给足了你面子，咱们井水不犯河水，你别太过分了。"壮汉A斜着眼睛盯着陈瘸子。

"你知不知道玉林人最瞧不起哪三种人？"陈瘸子没有正面回应壮汉A。

"不知道又怎样？"

"以大欺小的人，赶尽杀绝的人，吃白水煮蛋的人。"

"你们今天占齐了。"奸邪老头补充说明。

壮汉B从地上爬起来，挥舞着钢管就朝陈瘸子扑去。这次我们看清楚了陈瘸子的动作，他用左手接住了钢管，一把将对方拉向自己，然后不知从哪儿摸出一把匕首，抵在了壮汉B的颈动脉上。方才豪气冲天的壮汉B脸白如纸，豆大的汗珠滴滴落下，他放开了钢管，高举双手做投降状，纹丝不动。

围观的群众，包括我在内，都惊呆了。虽然我们对陈瘸子的故事早有所闻，但从未有人见过他出手，大家一直对那些传说将信将疑。而此时此刻，我深信不疑。

　　僵持了十秒钟后，壮汉A掏出了一把疑似五四式的手枪，对准了三米远外陈瘸子的大脑袋。围观群众纷纷发出了惊呼，虽然是在玉林这种是非之地，但是使用热兵器的情况仍是难得一见。

　　有群众悄悄问大家："要不要报警？"另一群众制止道："玉林人瞧不起的第四种人就是打架报警的人。"

　　"可是今天恐怕要出人命。"

　　"你敢杀人吗？"陈瘸子冷笑道。他拎着吓得瑟瑟发抖的壮汉B，一步一步地踱到壮汉A跟前，把额头主动凑上了枪口："你开枪啊。"

　　壮汉A蒙了，他没想到陈瘸子竟如此不怕死。虽然我不认识该壮汉，但我觉得他大概没有杀过人，真没这胆子扣扳机。

　　刀锋在脖颈，枪口在额头，时间仿佛凝固了。

　　这时我听见了身后嘈杂的人声，回头一看，小巷入口处是黑压压的人群。他们有的赤手空拳，有的拿着折凳、菜刀，甚至擀面杖，有的嘴上还有蒜泥，看得出来，他们是在附近的餐馆里接到了陈瘸子有难的消息，嘴都来不及擦就前来支援。

围观群众指指点点，说这不是×××火锅店的张老板吗？××手撕兔的王总也来了，还有××重庆小面的黄总，××洗浴中心的李姨……玉林有头有脸的人物都来了，餐饮界、娱乐界的同人们济济一堂。大家平时虽然来往不多，有的还互有嫌隙，但在玉林遭遇"外侮"的时候，这些老玉林都抛下自己的生意不顾，大腹便便地来帮老哥们打架了。

壮汉们灰头土脸地收起了刀枪，从人群旁边落荒而逃。群众对着他们的背影起哄，奸邪老头却在红着眼睛自言自语："回来了，回来了。"

有人问，什么回来了，他喃喃地说："九十年代。"

人群散尽后，我时隔两年重新走进了陈瘸子的面馆。虽然我还是认为他是个老变态，却是一个令人神往的老变态。我不再那么反感他，我想坐下来，听一听他的故事，以及卫俊的故事。

"老板，来三两素椒杂酱面，一个竹筒蒸蛋！"我大开大合地坐碎了一个折凳。

"老板在此！"陈瘸子激动地从后厨冲了出来，他看见是我，又有点失落。他一定是认出了我，这个两年前弃他而去的少年（现在是中年了）。

"陈老板，别来无恙。"我拱了拱手。

"还好，就是老了，酒喝多了，手抖，做出来的蒸蛋不比以前。"
他指着竹筒里的蒸蛋，上面似乎有一点细纹，好像它也在和玉林一起
老去。

"陈老板，你真的是卫俊的师兄吗？"我终于按捺不住，问出了这
个憋在心中整整两年的问题。

陈瘸了看了看我，眼里满是慈爱。他拧开一瓶沱牌大曲，倒进了两个
杯子里，将其中一个杯子放在我的面前，他也不和我碰杯，自顾自地喝了
起来。

我出于两年前留下的心理阴影，不敢和他喝酒，只是假惺惺地抿
了一口。陈瘸子看到了我的举动，叹了口气，说："你终究还是不像他，
二十年前的玉林，没有人会像你这样喝酒。"

奸邪老人在一旁补充："玉林人最瞧不起的第五种人，是喝酒踩假
水（踩假水为四川话，是喝酒作假的意思）的人。"

我有点害怕陈瘸子像刚才那样把酒盅扣我脸上，只得硬着头皮端

起酒杯喝了一大口。陈瘸子满意地点点头，表示孺子可教，然后他开始了一场漫长的讲述。

1988年的时候，还没有甲A，足球还没有职业化。我们都是体工队的编制，那年我二十三岁，二队来了一个十七岁的小球员，他就是卫俊。我永远忘不了第一次见到卫俊时的情景，是在一家面馆里，那时的玉林还是一片农田，那家有啤酒卖的面馆是所有运动员改善生活的地方。我正坐在那儿吃面，忽然听得一声大喊："老板，纳命来！"然后是一声塑料板凳断裂的巨响。

我回头一看，一个国字脸的"刘德华"坐在地上，身旁满是板凳的"残骸"。国字脸"刘德华"红着脸爬起来，拍了拍屁股说："老板你这板凳也太不结实了，我吃完命赔你，给我上三两杂酱命，一碗蒸蛋。"

原来国字脸"刘德华"是自贡人，把"面"念作"命"，面馆老板长出了一口气。

我见这小伙子形貌雄伟，便主动提了两瓶啤酒，到他那桌去，我俩就这样相识。他就是卫俊，也是四川足球队的，只不过是在二队。我大他六岁，他叫我陈哥，我和他时常在周末到小面馆喝酒。那时的球员穷，每个月十几块钱的工资，喝的都是几毛钱一斤的散装啤酒，

面馆老板用洗脸盆去啤酒厂打回来，放在冰箱里，我们操起搪瓷盅就
舀，大夏天喝一盅下去，别提多带劲了。

　　进入二十世纪九十年代后，成都飞速扩建，玉林的变化也是日新月
异，而我们也在和玉林一起疯狂生长。卫俊身体素质好，训练刻苦，很
快就上调到了一队，并且在1991年的时候入选了国奥队，虽然冲奥失败，
但他顺理成章地成了四川足球的风云人物，在整个玉林无人不知。

　　卫俊是个典型的老派四川人，身上流着"袍哥"的血液。人一旦有了
名气就会给自己招惹来麻烦。卫俊成名之后，足球队的小队员在外面喝酒
惹事，都会去找卫俊出面解决，卫俊从不推辞。而玉林人总是会给卫俊面
子，一来敬他是玉林名人，二来是卫俊打架不要命，没必要和他过不去。

　　我那时也打架，有时卫俊给队友出头，我也会被人叫去扎场子
（四川话，意为帮忙），大大小小的仗干过不下二十次，再加上年轻气
盛，一时间很是膨胀，认为玉林算个屌，整个成都都是我们的了。

　　直到1993年5月的那一天，我才知道自己是多么可笑。

　　1993年的时候，我已经退役了，因为在训练中拉断了十字韧带，
那个年代的医疗条件不好，耽搁了治疗，再也无法踢球不说，到现在

都不能正常行走，落下个二等残疾。卫俊和几个队友凑了些钱，加上体工队给我的退役抚恤金，让我把这家面馆给盘了下来，说是给大家找个据点，其实是给我找了个稳定的营生，我何尝不知。

我留下了面馆厨师，同时还自行研究出了几款配菜，其中最受欢迎的就是你们现在吃到的竹筒蒸蛋，只是那时候没有竹筒，用的是搪瓷碗。

卫俊的训练越来越紧张，但他还是会抽空来我这里吃面，每次都带一大帮人来照顾我的生意。有些人只喜欢吃蒸蛋，卫俊就给大家立了规矩，不能只吃蒸蛋，必须先点面，再点蒸蛋，通过这样的方式给我增加点收入。卫俊没啥文化，不像这家伙懂什么程序正义（说到这里，他指了指一旁的奸邪老头），他自己有一套处世之道，既非地上，也非地下，那是他自己的规矩，他一辈子都在一丝不苟地遵守。他偶尔还是会坐碎我家面馆的板凳，然后很不好意思地向我道歉，说生猛惯了，下次一定注意。

1993年5月14日，那是个周五的晚上，卫俊他们在一家火锅店喝完酒出来，来到面馆吃夜宵。当时面馆旁边是一家卡拉OK厅，是的，那个年代还没有什么KTV，都是一群素不相识的人围在一个大房间里用纸条轮流点歌，一人唱一屋子人听，别人唱得不好你还得忍着，忍久了就难免发生争执。当时我们看见几个孩子头破血流地从卡拉OK厅里跑出来，后面跟着几个手持钢管、砍刀的混混。其中俩孩子我认识，是二队的小队员，他们大概是嘲笑了别人的唱功，招惹了这些混混，因而被追砍。

我们立即就围上去打抱不平，足球队人多，三两下就把混混赶跑了，卫俊还抓了一个混混代表，要把他扭送派出所。一路上卫俊都在语重心长地教育这个混混代表，说："我踢球要是踢得臭，球迷怎么骂我都只能听着，你唱歌唱得不好，人家笑你你就砍人家，你什么素质？"

还没走出五十米，卫俊一行就被人包围了，对方有二十多个人，手执长短不一的刀具，为首的混混A手里还拿着一把喷子(火药枪)。那群运动员打架归打架，哪儿见过这阵势？都被吓蒙了，混混A一把拖过刚才被揍得够呛的小队员，左右开弓扇起了耳光，说："老子唱首《忘情水》，你龟儿笑我唱得左（左在四川话里是跑调的意思）也就算了，你龟儿下一首就唱张学友的歌，存心跟老子过不去。"直扇得小队员的脸由红变紫，那时候的玉林还没有这么嘈杂，方圆两公里内都听得见清脆的耳光声。

"你放开这哥们，咱俩来玩玩。"一个浑厚的自贡男中音盖过了耳光声。混混A回头一看，惊得语无伦次："刘……刘德华。"

那是卫俊。年轻时的卫俊长得很像刘德华。

"不是刘德华，刘德华脸没这么大。"混混A的手下提醒他，生怕他扑上去要签名。

卫俊叼着牙签，玩世不恭地笑着，迈着八字步，摇摇晃晃地朝混混A走去。——直到今天，整个玉林的男孩子都还在模仿这个动作，就像二十世纪九十年代全国的男青年都在模仿许文强穿风衣和陈浩南挖耳朵一样。

"你是哪个？"

"我是卫俊，是他的师兄。你放开他，他惹了什么事，你跟我讲。"卫俊指了指被揍得眼睛只剩一条缝的小队员。

"他……他狗日的在卡拉OK唱张学友。"混混A气得咬牙切齿。

二十世纪九十年代，在卡拉OK确实不允许唱张学友的歌，这是玉林的地下规矩。

"玉林人讨厌的第六类人就是在KTV唱歌用颅腔共鸣的人。"奸邪老头在一旁补充说明。

卫俊知道是自己的小兄弟理亏了。犯错就要认，挨打要立正。这虽然是广东话，但是在四川的江湖同样适用。卫俊对混混A说："你让他们走，我留下，怎么办你说话。"

　　混混们倒是也懂江湖规矩，他们放走了其他队员。一开始小队员们不愿意走，卫俊暴怒地大吼："你们不走等着看我的笑话吗？"小队员们哭着跑了回去，他们大概是跑去派出所找警察叔叔了，可那时候还没有玉林派出所，最近的派出所离那里也有两公里。

　　卫俊被按在了墙上，混混A选了一把蝴蝶刀——那年代流行这玩意，锋利倒在其次，主要是帅——抵在了卫俊的背上，他问卫俊："动哪里？你自己说。"语气就像理发师在问顾客要剪什么发型。

　　卫俊研究了一下，大方地拍了拍屁股，说："动这里吧。"他是个足球运动员，不能毁掉自己的双腿。

　　混混A举起刀却犹豫了，他问手下："这真不是刘德华？"手下说："我敢肯定不是，他说的是自贡话！"

　　混混A放心了，他还真像理发师一样，拿起蝴蝶刀开始了一场艺术创作。他在卫俊的臀大肌划来划去，不停画着十字，肌肉纤维断裂的声音是那样瘆人，那绝对是我听过的最恐怖的声音。以至于好几个混混竟然都吓得转过头去，不敢直视。

整个过程卫俊一声不吭。要不是他还保持站立姿势，我都以为他痛晕过去了。混混A好像也被自己制造出来的这个场景吓着了，大概终于意识到这不是在理发，他脱下了外套，包住了还在滴血的蝴蝶刀，带着一众小弟疾步走出了小巷。

"陈老板，当时你在做什么呢？"我实在忍不住，打断了陈瘸子。

"我在面馆门口看着，什么都没做。"他冷冰冰地回答我。我完全感觉不出他的心绪起伏。"混混们离开后，我冲上前去，第一反应不是带卫俊去医院，而是看他是否还活着。卫俊当时顺着墙壁瘫在了地上，面部着地，臀部血肉模糊，就像我后厨刚剁好的肉糜。我摸了摸他还有呼吸，然后叫面馆的伙计一起把他扛了起来，想送他去医院抢救。

"卫俊突然醒了过来，他已经有些神志不清。他认出我来，说：'陈哥，我想吃一碗蒸蛋，再来一瓶蓝剑啤酒……但我身上的钱不够吃面了，怎么办？'

"我的眼泪夺眶而出，我声嘶力竭地告诉卫俊：'今天我们破例，不用点面，只吃蒸蛋，啤酒要多少有多少，我请你喝。'

"卫俊听见啤酒不限量，幸福地晕了过去。

"接下来的事都是后话了。江湖上有无数的版本，有说卫俊自己跑到了川足领队王茂俊家里，王夫人用棉布给他清洗臀部伤口，足足接了一脸盆的血。×，我小时候在农村长大，杀年猪也放不了那么多血啊。

"而真相其实大家都知道，医生给卫俊下了退役宣判书，断定他这辈子再也无法踢球。结果他只用了两个月就复出参加全运会，然后第二年的事如你我所知，1994年，足球职业化开始，1995年的成都保卫战让卫俊彻底成了城市英雄。至今二十年过去，卫俊又走'卫俊步'了，他娶媳妇了，他为了队友的待遇和老板翻脸了，他快三百斤了，他的所有人生细节，仍为每一个老成都人津津乐道。"

"大叔，现在的孩子大概没几个认识卫俊了。"我对他的自信不以为然。

"那次事件以后，卫俊不怎么打架了，虽然1998年还有一次'三枪镇卫俊'的传说，但你知道，传说终究只是传说。他偶尔还来我的面馆吃饭，但是再也不会坐坏板凳了。我对此很不习惯，颇为不满地质问了他几次，他面带歉意地对我解释，屁股受过大伤，不复往昔了。

"2002年，卫俊被大连人徐明收购后的川足挂牌，转会去了云南，后来又去了青岛，那时他才三十岁，但在异地他乡没踢几年就退役了。

我知道他的魂一直在成都，在那支全兴队，在运动技术学院那菜地一般的训练场，在玉林，他从未离开过。

"十四年过去了，卫俊再也没来过我的面馆。可我一直觉得他还在这里。这些年来，我最爱做的事就是在玉林的街道驻足，看着玉林中学生们风一般飞驰而过，我站在学校围墙外看他们踢球，我在街头巷尾制止他们打架，我一直试图在这些孩子中寻找第二个卫俊，但我找不到。"

"再也不会有第二个卫俊了。"奸邪老头说。

陈瘸子终于讲完了卫俊的故事，他的全部的故事。卫俊现在据说是个大老板，他才四十多岁，正值人生巅峰，可对于我们这一代成都人来说，这就是他whole life story（一生的故事）。

我看见陈瘸子暗淡的目光，突然对许多事恍然大悟。他为何会青睐每一个坐碎板凳的少年，他为何会坚持吃蛋必须点面的程序正义，他为何会在发现我喝酒"踩假水"后如此失望，他为何会苦苦维护着玉林在外人面前的最后一丝尊严。

"你原来不是个变态。"我激动地对陈瘸子说。

"谁说我是变态了？肯定是老徐！"他捶了一下奸邪老头。原来丫叫老徐。

"老徐就是这样，嘴里没句好话，一辈子就毁在这上面，在卡拉OK嘲笑人家唱歌跑调，在球队里批评其他球员给教练送礼，大好的前途被自己喷没了，现在就成天在这儿陪我开面馆，陪我守夜。每天第一个来的客人是他，最后一个走的也是他，他闲得没事干就到处挤对我，说我喜欢年轻人的钩子。老徐你这个狗日的，你才喜欢钩子！"

老徐没搭理陈瘸子，他已经喝大了。他拿起一根筷子，击碗而歌，声音里仿佛带着哭腔。

请你再为我点上一盏烛光
因为我早已迷失了方向
我掩饰不住的慌张
在迫不及待地张望
生怕这一路是好梦一场

还好我足够老，识得那是张学友的《情网》，他唱得真像张学友。

我已经半年多没去陈瘸子的面馆了。在这个周日下午，我突然很想念玉林，想念火锅，想念陈瘸子，想念那里的一切。我选择了成都人最擅长的方式来寄托思念：吃。我准备做一道蒸蛋，用当时跟着陈瘸子偷师的秘方。

1. 我没有竹筒，只能用碗代替。准备一个大碗和三个土鸡蛋。

2. 将蛋打入碗中。

3. 用尽全力打蛋。我当时问陈瘸子，要多用力？他告诉我："就像这是你人生中最后一次打蛋。"

4. 待搅拌均匀后，加入净水。不能加自来水，因为有细菌，更不能加入开水，那样你就等着喝蛋花汤吧。水和蛋液的比例为1.5：1。

5. 将蛋液和水混合均匀后，用勺子撇去蛋液表面的气泡，不然在蒸蛋过程中气泡会导致空腔出现，也就是俗称的蒸蛋蜂窝。

6. 用保鲜膜封住碗口，以防蒸蛋过程中锅盖上的水珠滴到蛋里，同时要在保鲜膜上用小刀扎孔，目的是让蛋液里的水汽得以蒸发。

7. 将蛋液放入蒸锅中，大火烧开转小火，蒸十五分钟左右。

8. 不同的碗、锅，不等量的蛋和水，蒸制的时间各不相同，很难做到精确量化，只能靠直觉。在这方面我的直觉一向比较可靠，出锅时刚刚好。

9. 撒上香菇碎、香葱，以及一切你想加入的东西，你想搁一只龙虾进去都没问题。需要说明的是，这里的香菇我是另起一锅炒熟后才放入做好的蒸蛋中的。陈瘸子的做法是在蛋液行将凝固时放入生香菇碎，直至蒸熟。那样香菇能充分吸收蛋香，但是如果蛋的凝固程度不够，香菇就很容易沉底，会破坏蛋的美感。我做不到陈瘸子的神技，只能另辟蹊径，我知道玉林人讨厌的第七类人就是投机取巧的人，还望玉林的读者海涵。

10. 根据自己的口味，加上香葱、香油和酱油。陈瘸子告诉我，他蒸蛋还会放一点植物油。花生油、大豆油、菜籽油均可。我问他这里面有何奥妙，他说没啥奥妙，他第一次学蒸蛋时师父喝大了，把香油错放成了菜籽油，搞得他一直以为这是一种程序正义，到后来才知道植物油不能生吃。但陈瘸子念旧，所以还是会象征性地加上一点。

11. 大功告成的蒸蛋如前文所述，嫩滑得就像婴儿的肌肤。

我做了好几次蒸蛋，每一次都不能尽善尽美，不是起锅时手滑把蛋面弄皱了，就是酱油放多了。我把照片用微信发给了奸邪老头老徐，让他评判一下哪一碗蒸蛋最好。他回复我："小拳，我给你讲一个故事吧。在玉林还流传着另一个传说：陈瘸子的腿并不是训练时弄瘸的，他退役开面馆是因为职业化之前运动员工资太低，他当时生了孩子，需要养家。卫俊出事后，陈瘸子独自去找了那个划卫俊屁股的混混给卫俊报仇。人们得知消息时，陈瘸子已经在医院了，左跟腱，也就是俗称的腿筋被挑了，才成了今天这样子。一年后，甲A联赛开幕，足球运动员的收入一夜之间翻了上千倍，他们成了城市的英雄，全四川少女的公共情人。而陈瘸子没有等到这一天，他一直瘸着腿，佝偻着腰，在他的面馆里坚守着玉林的夜晚，在夜晚等待着卫俊的归来。"

我很是震惊，我问老徐，如果陈瘸子曾经去为卫俊报仇，那为何他自己不承认？到底哪一个传说才是真的？

老徐说："你何必去追究故事和传说的真伪？就像不必去评判每一碗蒸蛋的高下一样。"

在最后，我请老徐给这碗蒸蛋起一个名字，他说就叫"守夜人的蛋"吧。我听得出来，他又在面馆里喝多了，但我很喜欢这个名字。我想起了我小时候路过的玉林的那辆吊车，它每个白天都矗立在大街上，但它终究会离去。而有些人和他的蛋，却一直坚守在这里，守护着这片土地的夜晚和黄昏。

You are a super hero

很多年前，我
是一个拳王

在利物浦的时候，我曾经做过一道拳王羊腿。那时我尚"养在深闺无人识"，除了好友和一些老牌拳迷以外，没有人会看我的菜谱。当然，现在也没多少人看，曾经有朋友质疑我微博上的八万粉丝有六万都是我的小号。我算了一下，我从两千粉丝到八万粉丝用了一个半月时间，我不吃不睡，平均每小时要注册七十二个账号。我要是把这毅力用在磕头上，估计现在已经从北京一路磕到布达拉宫了。所以别惹我，我是个心够狠的男人。

我一直没有提及这道拳王羊腿的出处。去英国之前的2011年，我在成都的泰拳馆里挥汗如雨。我们拳馆每个人都起了个诨名，类似于英语课上每个学生都需要一个英文名。我当时的诨名叫"拳王"，是我自己起的，显得很没深度。而我们拳馆大师兄的诨名就有深度得多，他叫"失禁"，这是因为他经常把对手揍得大小便失禁。我倒是没被他打出屎尿，但是被他揍吐过。如果有人在成都上吐下泻，通常有两种可能：一是因为吃火锅吃坏了肚子，二是遇到了失禁。

失禁身高一米八五，皮肤黝黑，身上"寸脂不生"，肌肉结实得就像花岗岩。他的肩上文着一只蝎子，他说他的拳好似蝎子尾巴一样毒辣。失禁想由此引导大家给他起个文明一点的外号，比如魔蝎大帝、蝎子王之类，但群众还是叫他失禁。

　　失禁不是拳馆年纪最大的拳手，但我们却奉他为大师兄，因为他确有过人之处。他曾以一招俄罗斯大摆拳KO（击倒）了来指导工作的泰国拳师。要知道俄罗斯大摆拳不是泰拳动作，几乎没有格斗家会在出拳时使用这种招数，除了血管里全是伏特加的俄罗斯人。这种摆拳的特点是出拳距离和摆幅更大，从而带来更强的击打力量，但是相应地造成精度下降、出拳速度较慢，使得使用大摆拳的人很容易被对手躲避而露出破绽。但失禁不在乎，他的人生信条是狂野，宁可被对手反戈一击揍成猪头，也绝不在擂台上"苟且偷生"。

　　据拳馆的资深群众说，在十年前，失禁还只是拳馆小师弟的时候，那时的大师兄叫山羊。山羊并没有失禁这般横练的体格，他更精于技艺，有着坚不可摧的防守功力。山羊擅长闪躲，寻常拳手在一个完整的回合里甚至难以击中他一拳。据说，山羊是靠一种特殊的方法练就的闪躲功夫。我会在下文详述此事。

　　山羊之所以被称作山羊，是因为他来自四川简阳，那里盛产羊肉。每个冬夜，成都的空气中都充斥着浓而不膻的羊肉香味，人们就着白酒喝着热气腾腾的简阳羊汤，用以驱散盆地寒冬的湿冷和阴郁。山羊家就是开羊肉馆子的，他自己也烧得一手好羊肉。他家的馆子能在挑剔的四川食客口下存活，全靠念过大学的山羊引入了差异化竞争，他在卖羊肉汤的同时还搭着卖烤羊腿。边喝羊汤边用小刀割羊腿肉吃，这种粗鲁的吃法深受四川人民欢迎，所以山羊家的羊肉馆在成都开设了数家分店，十余年来屹立不倒。

　　山羊说他小时候在简阳龙泉山上放牧，简阳的大耳羊喝龙泉湖的矿泉水长大，所以必须每天把羊群从羊圈赶到湖边。山羊小时候家里穷，养不起牧羊犬，便自己赶着羊群满山跑，因而练就了过人的体力和辗转腾挪的绝技。在这里不得不提一下简阳的大耳羊，此羊来头不小。据说当年宋美龄访美，美国政府为了支援中国抗战，送给宋美龄十多只努比亚山羊。这十多只努比亚山羊被飞虎队护送到了作为抗战大后方的四川。蒋介石义不容辞地承担了配种的重任。他亲自设计了杂交方案，让这十多只努比亚山羊和简阳龙泉山里的七千多只当地的土羊进行杂交，再让第二代以后的杂种羊继续横交（横交即杂种之间的交配），培育出的羊得名"大耳羊"。为了纪念蒋介石，又名"中正羊"。经过几十年的横交，中正羊这一新品种稳定了下来，在龙泉山繁育开来，成为简阳市的市宝。时至今日，简阳羊肉馆子的大厨还保留光头纪念蒋介石的传统。

　　我对拳馆资深群众发问，说我不关心羊，我只关心当年的大师兄山羊，他现在何处？群众说他隐退江湖了，回到了简阳老家，在龙泉山上放牧，搞横交。

资深群众告诉我，山羊是五年前离开拳馆的。那曾是一个令人神往的时代，拳馆里不仅有老拳王山羊，还有二师兄大胆，三师兄胆大，四师兄冒险王，等等，俱是一时雄杰。失禁是一名后起之秀，他加入拳馆仅仅三年就打遍拳馆无敌手，像吴清源一样把所有的对手打得降格，大胆变成了三师兄，胆大变成了四师兄，而失禁成了二师兄。横亘在他身前的大山只剩下一座，那就是伟大的山羊。

群众期待着失禁和山羊的决战，那将是最利的矛遇上最坚的盾。当"失禁摆拳，例不虚尿"的原则遇上山羊，还会奏效吗？

我无缘得见那传说中的一战，据说那天风狂雨暴，电闪雷鸣，失禁在雷声大作之时用一记大摆拳KO了山羊。山羊没有起身，他静静地躺在地上。群众抢上前去查验他有没有被打出大小便，发现他裆部还是挺干爽的，但是眼角湿润了。

"大师兄他失禁了！"群众指着山羊的眼睛欢呼着，"例不虚尿！例不虚尿！"

群众簇拥着新任大师兄失禁，他们没有意识到这是山羊在拳馆的最后一战。那天以后，山羊再也没有回来过，他回到了简阳，在龙泉山上放牧，研究横交。

离开山羊的日子，拳馆依旧，空气中仍然飘着终年不变的汗臭和便溺之味。群众并未对山羊的不辞而别表示遗憾，因为此前降格的拳手们因为山羊的离去升级了回来，大胆、胆大、冒险王等人纷纷归位，一切仿佛都是旧时的模样。

然而好景不长，"失羊一战"不仅带来了人事的更迭，还像起义的第一枪一般，"革了拳馆的命"。大家都看到了用拳头换地位的曙光，一时间拳馆挑战赛不断，以下克上的戏码不停上演。三年内，大胆和胆大被揍成了大小眼，再也没有恢复元气，冒险王成了末代二师兄。而当我进入拳馆时，山羊时代的拳手只剩下寥寥数人。这寥寥数人总是喋喋不休地讲述着属于他们的那个时代，"那是拳馆的黄金时代。"他们强调，生怕我们这些后生把他们遗忘。"不要忘记当年的我们是多么出色。"拳馆排名第一百三十二的师兄"嫪毐"反复告诫我。——他这个外号是他自己起的，实事求是地讲，他的格斗水平实在是令人不敢恭维，但是拳馆教练特别喜欢他，这让我们百思不得其解。

而失禁依然盘踞在金字塔的顶端，寂寞地KO着每一个觊觎其大师兄地位的挑战者。后来教练干脆禁止其他拳手向失禁发起挑战，原因是不想弄得擂台上到处是便溺的味道。于是失禁的大师兄之位愈发稳固，他懈怠了，小腹缓缓隆起，目光不再锐利。他虽然还没老去，但已经遗忘了竞技拳击的灵魂：训练，不停地训练。

当一座拳馆的大师兄已经不再训练时，它的大型危机就会到来了。

2014年秋天，成都另一座拳馆的拳手上门踢馆，我们拳馆派出了五个不同级别的选手，被对方打得落花流水。我方一胜四负，那唯一的一场胜利还是对手在前往拳馆的路上被电瓶车撞断了十字韧带弃权所致。踢馆赛采用的是打擂的形式，胜者为擂主，迎接挑战者的车轮战。而对方拳馆的擂主是一名叫阿卓的彝族人，他不高，但是极其强壮，一身横练肌肉就像钢筋。我们拳馆的二师兄冒险王颤抖地指着阿卓的背影跟我讲，瞧那背阔肌，就像一个乌龟壳。我纠正他说，应该是象龟。

冒险王在和"象龟阿卓"的比赛中毫无还手之力，被打得满脸是血，一溃千里。一周之内，"象龟"已经连胜了四场，他只剩下最后一个对手，战胜了这个对手，他就靠一己之力挑了我们拳馆。

他的最后一个对手是失禁。

前几场比赛失禁压根没到场，他跑到马尔代夫潜水、吃海鲜去了，等他回到拳馆时，肚子上的赘肉"重峦叠嶂"，就是不见腹肌。失禁满不在乎，他说鲨鱼就算牙齿掉光了，也不会被一只象龟吃掉。

嫪毐警告失禁，让他别小觑阿卓。嫪毐说他当年在西昌玩时遇到一个彝族人，两杯酒下肚就要和他喝血酒结拜，该彝族人结拜时太激动，本应割手指，误割成了手腕，血汩汩地流了一晚上都止不住。他非但没去医院，还为了不浪费血，跑去隔壁包间跟别人也结拜了几次。这就是彝族人，谁惹得起？

失禁大喜，说他亲戚家开了个川菜馆，主打毛血旺，正需要这种人才，阿卓今天算是遇到伯乐了。他专门叮嘱嫪毐拿个盆子，再带点食盐，到时候好在现场做血旺，不能把阿卓的热血浪费了。

对于失禁的目中无人，我有一种不祥的预感。

比赛开始后，失禁在头两回合占据了优势。阿卓一看就没有接受过正规搏击训练，打出的乃是王八拳，这倒很符合其象龟的身份。反观失禁，他拳拳到肉，把阿卓打得像一台架子鼓，虽然声音响亮，但是架子鼓挨再多打也不会倒下。失禁甚至提前使出了大摆拳，但是毫无作用，反而被阿卓一记王八拳扫中鼻梁，鼻血喷涌而出。

群众大喊："失禁他失禁了！"嫪毐激动地举起盆子，试图冲上擂台做血旺，被裁判挡了出去。

我狠狠地瞪了一眼群众，说："你们才失禁了，他这是血，不是尿。"群众愣了一下，改口说："那失禁就是被打出月经了！"

我看见欢呼的群众里竟然有不少本拳馆的拳手，原来他们一直等着这一天。失禁让他们失过不计其数的禁，其摆拳"例不虚尿"，今天终于轮到他自己了。

第三回合开始后，失禁逐渐步伐散乱，他明显体力不支，缺乏训练的恶果开始显现，而阿卓则愈战愈勇，从小在西昌琼海里游泳锤炼出的彪悍体能派上了用场。失禁挨了无数的王八拳，狼狈至极，鼻血和汗液混在一起，被拳套抹得满身都是。

在第五回合，失禁被揍得双膝跪地，他用手接住鼻子里汩汩流下的血液，弄得阿卓以为失禁是在和自己结拜。阿卓弃比赛于不顾，赶紧跪下回拜。裁判从未见过此等奇景，犹豫了一下，还是开始读秒。阿卓和失禁对拜了好一阵子，把己方教练急得满地打滚，可彝族人就是这样，义气重于一切，直到裁判数完了十，二人仍未起身。就这样，比赛以双方同时被KO而告终，失禁给我方带来了一场宝贵的平局，我们拳馆得以苟延残喘。

根据比赛规则，平局后双方要再战一场，直到分出胜负。可失禁表示，既然已和阿卓结为兄弟，再动手就会伤感情。他主动提出换将，由拳馆的其他人继续挑战擂主阿卓。我明白，失禁害怕了。

教练挨个动员拳馆的弟兄，可无人敢应战。教练气得痔疮都犯了，他半躺在旋转椅上苦苦哀求大家珍惜拳馆的荣誉，说："你们总不能让我上吧，我都四十多了，而且痔疮犯了，怎么打？"

嫪毐站了出来，他不愧是全拳馆最关心教练的人，他向教练献计，说眼下唯有请大师兄出山，才能对付阿卓。

教练痛得直哼哼，说大师兄和阿卓"卒相与欢"，刚结拜完兄弟，还打个锤子。

嫪毐说："我说的大师兄，是另一个人。"

拳馆的弟兄们一阵沉默，大家都用余光偷瞥失禁，失禁也在用余光偷瞥弟兄们，但是由于他的眼睛被揍得肿成了一条缝，把自己的目光包裹了起来，起到了很好的伪装作用，仿佛对任何事都漠不关心，显得不可一世。所以无人敢附和嫪毐。好几个经历过山羊时代的师兄张开嘴，看着失禁"神秘"的目光，欲言又止。

我们知道，失禁不开口，没有人敢在公共场合提起那个人的名字。这就是我们的拳馆，老人政治盛行，论资排辈严重。

大家陷入长时间的沉默，整个拳馆里只有教练的哼哼声。嫽毐忍无可忍，他指着教练，声泪俱下地质问失禁："你知道他有多痛吗？"

失禁摆了摆手说："你们去吧。"

嫽毐说："去哪里？"

失禁说："肛肠医院呗。"

嫽毐说那只能治标，要想治本，只能去简阳把山羊请回来。

失禁没有回答，他挣扎了好一会儿，轻轻地点了点头。他看穿了。

在场群众爆发了，他们欢呼雀跃，那几个从黄金时代一路走来的师兄更是热泪盈眶，比听说耶稣要复活还兴奋。只有我这个新人无动于衷。在数月之前，没人希望山羊回来，因为那样他们的排名会自动下降一位，所以我完全不明白他们现在为何这么激动。

于是我自告奋勇，陪同嫪毐前往简阳。我要亲眼看一看那个传说中的山羊，感受一下黄金时代的魔力。

辗转到了简阳山羊的老家，我没有看到想象中隐居在深山老林里的兰博似的老派英雄，取而代之的是一个秃头白须、目光混浊的中年人，他正按住一只棕色公羊的屁股，强迫其和一只白色母羊交配。

这就是我们的救世主吗？我失望透顶。嫪毐却喜怒不形于色，他上前拍了拍山羊的屁股，啧啧感叹还是那么结实。"老山，你这几年在忙啥？"嫪毐问道。

"忙横交。"山羊得意扬扬地向我们示意，"牧场里的中正羊都是我亲自当监工，'督导'它们的父母生出来的。你看你看，别的羊可没这么大的屁股。"他见我盯着他看，指着自己的秃头向我解释："不是脱发，这是剃的，纪念蒋介石。"

山羊当晚执意要留我们吃烤羊，他让伙计选了一只大屁股中正羊，杀了后连腚带腿一齐斩下。他说成都人喜欢喝羊汤，但是中正羊的经典吃法是炭烤，尤其是烤羊屁股，当年飞虎队的美国大兵们最好的就是这一口。"今天一定要留下来，我亲自烤一只连腚羊腿，招待故人。对了，小兄弟，你叫什么名字？"

"拳王李淳。"我双手合十（我并不信佛，泰拳手之间都这样打招呼）。

山羊打量我半晌，显然是对我这个艺名不以为然。他定然在想：老夫当年打遍半个成都无敌手，尚谦恭下士，以家畜自谓，现在的年轻人何德何能敢自称拳王？

嫪毐苦笑着摇摇头说："这不算啥，还有新晋小师弟自称秦始皇的。妈的，他是秦始皇，那我岂不是要被他车裂？"

"我们老了，年轻人，世界是你们的。来，喝个交杯。"山羊和嫪毐抄手换盏，一饮而尽。

山羊边和我们喝酒边翻烤着羊腿，他不断用小刀切割下羊腿表层烤得半焦的羊肉，精准地扔到我们碗里，命中率超过百分之八十五。我惊叹于他的神技，而嫪毐却淡然处之，仿佛见惯不惊。

直到我吃下第一片羊肉，才真正对山羊这个人肃然起敬。那种感觉就像把大好河山吃进了嘴里，口感"层峦叠嶂"，心潮随着咀嚼肌起伏。这羊肉没有添加任何香料，羊味浓厚，但是膻味并不刺鼻。据山羊说，这就是蒋介石以来的数代简阳人苦心孤诣搞横交的收获。我和嫪毐不住地对山羊称赞，嫪毐说："知道你养羊，但不知道你把羊肉搞得这么excited（令人兴奋），我真是白认识了你这么多年。"

由于这羊肉实在太好吃，嫪毐三番五次想开口谈正事，但又忙不迭地往嘴里塞肉，生怕被我吃光了。直到羊肉堆到了嗓子眼，嫪毐才打着饱嗝向山羊开口："老山，拳馆有难，你能不能……"

"有什么事比吃肉更重要？吃完这只羊腿再说吧。"山羊打断了嫪毐。他继续翻烤着羊腿，每隔十七秒钟翻一转，比微波炉还精确，他仔细地寻找着羊肉深处的漏网之血丝，说要把血完全烤干，那样才没有膻味。

我看着山羊，真难以想象在五年前，他是一名拳王。此刻的他就像钟表店里的老朽工匠，一丝不苟地拾掇着羊腿，混浊的眼里满是慈爱。

嫪毐又忍不住开口："老山，失禁被揍得'认贼作兄'，拳馆无人……"

"有什么事比吃肉更重要？吃完这只羊腿再说吧。"山羊再一次打断了他。

他继续用小刀割下一片一片的羊肉，然后精确无误地抛进我们的碗里，羊肉从里到外分了三层，红、白、焦黄，就像雨花石一样好看，以至于我都不忍心吃下去。

我喝多了啤酒，内急难忍，可又不知厕所在哪儿，于是问山羊："请问山羊兄……"

"有什么事比吃肉更重要？吃完这只羊腿再说吧。"山羊神情冷峻地打断我，不给我任何机会。

我欲哭无泪，可又不敢随便找个地方解燃眉之急，虽然山羊看上去像个好老头，但是所有人都说他曾经是拳王，我哪儿敢在他家造次？

于是再也没有人说话，大家默默地咀嚼着羊肉，喝着啤酒，直到酒尽樽空，肉穷骨现。

山羊缓缓起身，他说他老了，五年多没有训练了，不确定自己还有没有上擂台的能力，他需要先找找感觉。

说完他大步流星地前行。我们不知就里地跟在他后面，跨过龙泉山脚下的溪流和树丛，来到一处天然牧场。这牧场不似蒙古草原那样平坦和一望无垠，它位于半山腰，陡峭险峻，堪称史上最tough的牧场。山腰上有一百多只中正羊，正在放浪形骸地奔跑、吃草、横交。我恍然大悟，它们的翘屁股原来是龙泉山脉的坡度锤炼出来的，登山有利于提臀，果然不假。

山羊说他要开始训练了，说完就闪电般地冲上了山。只见他像狼入羊群，把中正羊们追得撒蹄狂奔，它们的奔跑路线很有讲究，呈"之"字形，一看就是被追怕了，成了逃生专家。可山羊比它们更快，他每追上一只中正羊，就拍拍它的屁股。说来也怪，被拍过屁股的羊即刻就停止逃亡，不到半小时，一百多只羊全部停了下来，面色轻松，继续吃草的吃草，打炮的打炮。只有一只高大强壮的黑色公羊还在衔枚疾走，山羊怎么也追不上，最后不得不放弃。我恍然大悟，这是他们进行过成百上千次的互动游戏，人家这是在遛羊呢。原来山羊过人的体能和辗转腾挪的技巧就是这样日复一日锤炼出来的。当年在拳台上不知有多少好汉被山羊活活"遛"得虚脱，要是他们知道山羊是如何训练的，一定输得心服口服。我想。

嫪毐告诉我，这些中正羊是山羊的命根子，他都给起了名字，用拳馆兄弟的名字给它们命名。"你看，那只×最大的就是我。"嫪毐得意地宣布。

我猜，那只黑羊一定叫失禁。

太阳已经下山，夕阳的余晖把龙泉山腰的草丛染成了金色，那一只只硕大的羊屁股也变得辉煌灿烂，就像一个个元宝。嫽毐告诉我，好戏还在后头，我捂住膀胱，看见山羊瞪大了眼睛，他原本混浊模糊的眸子突然变得精光四射。我问嫽毐："山羊在干吗呢？"嫽毐说他在数羊腚。

"一百二十七只！"只用了不到半分钟，山羊就数完了漫山遍野的羊屁股。我不屑地说山羊肯定是胡乱报的数，嫽毐说就是统计局的人来了，也不会比山羊数得更准。

我顾不得山羊和统计局的人谁数得准，再不小便我就要崩溃了，我解开皮带，转过身去，"贼眉鼠眼"地尿着，却听得山羊雷霆般一声大喝："拳王李淳，你在做甚？"

"拳王李淳他失禁了。"嫽毐替我打着圆场。

我这下相信山羊的眼睛比统计局同志的还毒了，我离他至少有七十米远，他也能看清我的一举一动。嫽毐说，山羊已经练成了光学变焦，远近不一的物体在他眼里几乎位于同一平面，对于他来说，世界是二维的。

　　嫽毐告诉我，山羊从小在龙泉山上放牧，一旦丢失哪怕一只羊，等待他的就是一顿来自父亲的毒打。由于中正羊的野性大，家里又买不起牧羊犬，所以山羊每隔十分钟就要清点一次中正羊的数量，一只都不能少。

　　通过在极短的时间里，不停把焦距在方圆数百米内的羊屁股之间切换，久而久之，山羊练就了一项绝技：物体的距离变换对于他来说就像是慢动作。哪怕是一颗子弹朝他飞来，他也能硬生生避开。当年飞虎队的美国飞行员，就是在龙泉山里通过看羊屁股练出了驾驶飞机躲避炸弹的绝技，大大提升了空战实力，全大队的中弹率降低了百分之七十。

　　"你现在明白为何山羊是躲闪之王了吧，在擂台上，几乎没有人能够击中他。"嫽毐说，"山羊曾经把这项技能传授给了我，我在拳馆训练时，通过观看师兄弟的屁股来提升躲闪能力。但是这种训练方式产生了副作用，我……唉，不提也罢。"

　　我没有深究嫽毐的欲言又止，还沉浸在对山羊绝技的神往之中。我终于明白为何山羊能够把羊肉准确无误地抛进碗里。对于他来说，再远的碗都像在他眼前，距离对他失效了。

就在这时，山羊从半山腰踱了下来，他说："我们走吧。"我们问："去哪里？"

他说回成都。

"我虽然老了，但是还堪一用。一百二十八个羊屁股只数漏了一个，不错了。"

夜色中我看不见山羊的神情，我知道他数漏的一定是那只黑色的失禁。

这么多年来，你从未征服过它，今天会是你弥补遗憾的最好时机吗？

我俩陪山羊回屋收拾装备，他的拳套尘封在储藏室里，满是灰尘，我看见储藏室里贴着蒋介石的画像，有点诧异。山羊解释说："我们牧羊人都要拜羊祖蒋介石，而且蒋介石是实际上的人类躲闪第一人，看羊屁股躲闪法就是他老人家发明的。"

我不信，山羊说这是真的，只是未曾纳入两岸的正史。蒋介石退守台湾后，经常在金门岛的掩体内眺望大陆，他号称能看见黄河、长城，还有他的奉化故居。部下们没人相信他，认为委员长是思乡成疾。

山羊说："我信。"

现在我也相信了。

山羊和我们一起回到了拳馆，他没有见到失禁。在擂台上等待他的不是失禁，而是失禁的结义兄弟，象龟阿卓。

比赛的那天，除了失禁，老一代的拳手济济一堂，包括淡出拳坛已久的大胆和胆大，也大腹便便地来给山羊站台。他俩现在在做煤炭生意，一副奸商嘴脸，但他们还是来了。嫪毐激动得满脸通红，说拳馆仿佛回到了那个黄金时代。

但阿卓的存在告诉我们，这是一个崭新的时代，他面无表情地屹立在台上，彪悍依然。山羊脱去外套，露出紧实却并无肌肉棱角的上肢，我们不由得为他捏了一把汗。五年来他未曾进行过真正的拳击训练，仅仅靠追羊和看羊屁股，真的能够保持竞技水平吗？

比赛开始了，阿卓一如既往地先发制人，他猛打猛冲，但他的王八拳根本碰不到山羊一根毫毛。山羊的躲闪动作漂亮极了，就像在跳鬼步舞。他还不时好整以暇地还阿卓一拳，稳稳命中其面门。

我方观众疯狂了，他们大叫着"You still got it（你还是不减当年）！"。原来山羊并没有真的老去，我们此刻深信，山羊不仅有战胜距离的能力，他还能够战胜时间。

在第二回合，阿卓改变了战术，他增加了大量的身体接触，对山羊实施搂抱，不让山羊有躲闪的空间，然后对山羊施以抱摔。山羊一来体重吃亏，二来没练过散打，拙于摔技，被摔得鼻青脸肿，骨头都差点散架。

第三回合里，山羊几乎放弃了反击，全程和阿卓玩起了猫捉老鼠，就像在龙泉山的草原上遛羊那样欢快地奔跑。阿卓毕竟体重大，跑不多时就气喘吁吁，他使出了激将法，对着台下观众大喊："看啊，这就是你们汉族人，就会逃跑！"

于是在回合间隙，教练告诉山羊："事关民族尊严，你不能再跑了，我命你进行反击。"但造化弄人，第四回合一开始山羊就被阿卓一记重拳击中右眼眼眶，整个上眼睑肿得像个鸡蛋。接下来山羊连连被阿卓的王八拳扫中，三番五次险些倒下，靠着意志力才硬生生撑到回合结束。

在擂台角落，血流不止的山羊告诉教练，他的右眼几乎看不见了，单靠一只眼睛视物是没有立体感的，他现在判断不出距离，无法进行躲闪。

教练急得语无伦次，问："那现在怎么办？此役再败，我们拳馆就被对手挑了，以后还如何在成都格斗界混下去？"

山羊沉思半晌，把嫪毐叫了过来，问他有没有看过《三国演义》。曹营大将典韦就是个高度近视眼，他虽负千斤勇力，但是五米之外不分敌我，经常误杀自己人。后来典韦想了一个办法，让视力好的士兵充当他的眼睛，吩咐他们："贼来十步乃呼我！"等敌军逼近，士兵便大喊："十步矣！"典韦又命令："五步乃呼我！"士兵又喊："五步矣！"这时典韦朝着眼前人影扔出手中短戟，将来敌一一刺死，整个过程经济高效。

山羊拉住嫪毐的手，说："我们这群人里，眼神最好的就是你了，别忘了你也练过躲闪之术，没有人的距离感比得上你。你明白我的意思吧？"

嫪毐激动地握紧山羊的手，说："我甘愿效劳，但我久疏战阵，需要临时抱下佛脚。"嫪毐让我们并排跪下，翘起屁股，让他找找距离感。我们二话不说，当场就奉献出自己的屁股，任嫪毐安排。他嫌屁股不够，让教练也加了进来，教练娴熟地趴在地上，仿佛和嫪毐早建立过默契。我环顾四方，擂台周围排满了屁股，许多屁股还敬业地摇晃着，其主人说这相当于移动靶，更加贴近实战效果。

嫪毐畅快之至地怒喝一声，这是他的人生巅峰。他迅速找回了当年的感觉，仿佛回到了自己的黄金时代。他告诉山羊："我准备好了，let's destroy this motherfucker（让我们干掉这个傻×）！"

最后一个回合开始了，阿卓朝山羊步步逼近，山羊一改常态，竟然站在原地，纹丝不动。只听嫪毐大喊："十步矣！"山羊保持着标准的拳架，就像入定。嫪毐又喊："五步矣！"山羊仍然像一尊雕塑，而我们每个人都几乎窒息。有好几个师兄竟然紧张得晕了过去，但即便失去了意识，他们也保持高翘着屁股的姿态，就像化作了山脉。

只听嫪毐高呼："三步矣！"兔起鹘落之间，似有人影闪过，阿卓轰然倒地。我们完全没明白发生了什么，只有眼神最好的嫪毐看清了，他说阿卓的王八拳还没来得及挥出，山羊竟然后发先至，一记大摆拳准确命中阿卓的颧骨，将其KO。

"没错，我没有看错，是失禁的俄罗斯大摆拳。自认识山羊以来，我第一次看到他主动采取如此凌厉的攻势，在归隐的五年里，他究竟经历了什么？"嫪毐还未从刚才电光石火的一幕中缓过神来，不住地自语。

我们管不了那么多，只顾狂呼着，环绕在山羊周围，将其抛向天空，对方拳馆的王牌，象龟阿卓终于倒下了，我们拳馆保住了荣誉，但这一切并不重要。重要的是，山羊回来了，那个黄金时代回来了。

群众不无惋惜地说，可惜失禁不在，他也算是黄金时代的代表人物，缺了他虽然无伤大雅，但终归有些遗憾。另有群众反驳："失禁认贼作兄，自甘堕落，早已不是同志，他来了老子也会将他乱拳打出。"

山羊平静地说："失禁来过，只是他又离开了。我绝对不会看错，刚才的十七个屁股里，有一个黑色的屁股，那是我从来不曾捕捉到的屁股，那是我屡屡错失的屁股。那是失禁，一定不会有错。"

这么多年来，山羊第一次数对了腚数。他说："我要感谢失禁，他不仅为了我背叛了结义兄弟，他还教会了我生活。如果没有五年前的那一记俄罗斯大摆拳，我不会回到简阳，不会找回人生的真谛。"

我们明白了，对于山羊来说，龙泉山才是他真正的擂台，漫山遍野的中正羊就是他的教练和拳友。远离它们，他就会像鱼儿远离河流，飞鸟不在天空一样，逐渐失去自己天赋的才能。

我们恍然大悟，原来刚才他用俄罗斯大摆拳KO阿卓，就是在向失禁致敬。这才是真正高手的气度。我们簇拥着山羊，力邀他重回大师兄之位，我谦卑地将艺名拱手奉上，说："您才是真正的拳王，至于我，您爱怎么叫怎么叫，羊粪蛋、二百五都行，我不挑。"但山羊一一婉拒，他既不想当回大师兄，也不想成为什么拳王，他说他只想回简阳去，他割舍不下中正羊的大屁股。

山羊说回就回，丝毫不顾民意。我们的黄金时代就这样短暂回归，然后永远离去。那天以后，失禁仍然把持着拳馆大师兄之位，但是他变得锋芒内敛，在比赛或训练时他偶尔还是会用俄罗斯大摆拳KO掉对手，但再也没人被揍得失禁。取而代之的是，失禁会第一时间扶起对手，向对方道歉："师弟，真是对不住，出手重了些。""您见外了，屎还没出来呢，我们再战三合！""不打了，再打下去有辱斯文。"擂台上一片祥和。

很多新晋的拳手十分向往那个动辄把人打出屎尿的年代，他们说那才是拳馆的黄金时代，而现在的拳馆太软了。他们中的大多数人其实根本就没见过当年的失禁，却总是爱跟比他们还新的新人吹嘘，描述自己当时是如何被失禁揍出屎尿的，并骄傲地强调：失禁拳下，不遗无名之"屎"。听众艳羡不已，出神地抚摸着擂台的地面，仿佛它还残留着一丝黄金时代的余味。

至于山羊以及那个真正的黄金时代，已经没多少人知道了。虽然总有几个拳馆的"活化石"成天冲人喋喋不休，普及着拳馆第一代拳王的故事，但是没人give a fuck（在意）。这就是当代人性：大师们最好的结局是在他的黄金时代死掉，就像迈克尔·杰克逊、乔布斯，如果你缓慢而猥琐地老去，那么很快就会被这个世界遗忘。

　　我在2015年年初去简阳拜访过山羊，他正在张罗新开张的烤肉馆，忙得没时间招呼我。我简短地向他汇报了一下拳馆的近况："没人知道你。"他说："这不是挺好吗？"我说："你的绝艺'瞪屁股躲闪术'就此失传，你难道不觉得痛心？"

　　山羊摇摇头，他说千百年来，只有一种事物能在四川人民心中保持长盛不衰的威信，那就是吃的。他指着一只新出炉的连腚烤羊腿说："这才是我真正的绝艺，它会世世代代传承下去。"言毕，他对着墙上的羊祖蒋介石的画像鞠了一躬。蒋介石不说话，他只是盯着羊屁股，神秘莫测地微笑着。

You are a super hero

Hasta la vista,
西班牙海鲜饭

八个月的时间如白驹过隙，我马上就要离开北京了。在这八个月，我先后经历了大雪、雾霾、A股股灾、科比退役和美联储降息，由于本人"日理万机"，当初说好的每周一菜也成空了。在离开前，我想收一个"豹尾"，给菜谱系列画上一个完满的句号。于是我找到我的表弟小刘，问他："你打算用一道怎样的菜和我告别？"他想了半天，眯着眼睛说："我给你做一道西班牙海鲜饭吧。"

如你所知，我的每一道菜谱背后都有一个不同主题的故事，比如"流星蹄花"的等待、"肥肠之神"的认真、"拳王羊腿"的老派。而这道西班牙海鲜饭，是一个关于告别的故事。

2014年夏天，小刘去了美国俄亥俄州的克里夫兰，他准备去观看克里夫兰骑士队同金州勇士队的NBA总决赛。当时他轻装简行，除了美元、相机和保险套之外什么都没有带。

我想象了一下小刘临危不乱，颇有大将之风地掏出一盒保险套递给詹姆斯，詹姆斯抱歉地对小刘说："Life sucks（活着太痛苦了）。"小刘回答他："But we must keep going（但我们仍然要继续向前）。"我顿时对小刘肃然起敬，觉得他真是个能成大事的男人。

遗憾的是，他带去的保险套没有派上用场，这倒不是因为克里夫兰人民的素质有多高，而是那鬼地方实在是荒无人烟，用小刘的话讲，骑士队赢了还有点人气，一旦输了球，整个克里夫兰就会变成一座"寂静岭"。

　　在北京东城区住了半辈子的小刘很是不习惯这种冷寂，他热切地抓住每一个机会同人搭讪，不论男女老幼。某次他在快餐店上厕所的时候碰到了一个正在小便的红脖子老头，小刘迫不及待地扑了上去，自我介绍说："I'm here for Lebron James（我到这儿来是为了勒布朗·詹姆斯）。"老头整个人转了过来，说："Sorry, I'm not Lebron James（抱歉，我不是勒布朗·詹姆斯）。"将小刘逼得连连后退。

　　经此一事，小刘爱上了当地人民的纯朴民风。他退掉了酒店，在Airbnb（空中食宿）网上找了一间民房搬了进去，准备深入群众。房东是一个西班牙裔女性，英文名叫Carolyn（卡罗琳），是个流浪文身师，每年有一半的时间用于周游世界，靠给人文身挣生活费，自给自足。小刘很是羡慕这种潇洒的生活，说以后准备效仿之。我问他有何一技之长可以维生，他想了想，说他可以当一名卖肥肠粉的流动摊贩。我说老外不吃肥肠，他说那是因为他们没吃过他做的肥肠，他会让这帮没见过世面的老外知道，什么叫"一吃肥肠误终身"，等他周游完半个地球，肥肠粉就会成为继高铁之后我国的第二大产业输出项目。

不过他在克里夫兰没有展示手艺的机会，Carolyn每天都会变着法子做出各国美食，小刘饭来张口，吃得脑满肠肥，毫无烹饪欲望，每天早上六点半就会准时醒来，狂躁不安地等着Carolyn的下一道美食，就像十六岁那年等待初恋。

在给我讲述这些细节的时候，小刘的眼里就像爆发了超新星，无比闪亮。我知道他是爱上Carolyn了。也难怪，热情、美丽、大方，有艺术细胞，还是个极品大厨，这样的姑娘谁不爱？

我问小刘："你向她表白没有？"小刘说有。他向Carolyn简单介绍了自己的情况：二十九岁、离异、无子女、无HIV（艾滋病），有两家广告公司，在北京二环内有房。他承诺说，如果她跟他回北京，他给她投资开一家文身店，还把广告公司的组织机构代码证交给她保管，以示永不相负。

Carolyn笑了，她没有当场拒绝，而是说："等到你回国前的那天，你自然会知道答案。"在这些日子里，她把从北欧到火地岛的各地美食做了个遍。小刘说他一开始吃得不亦乐乎，后来越吃越惆怅。我问："你是怕长胖吗？"他叹着气说："你这个粗人！"他说因为自己心里明白，每吃一道菜，距离离别的日子就近了一天。他问我："知道荆轲刺秦的故事吧？荆轲向秦王献地图，地图卷轴一卷一卷打开，在尽头露出了匕首。"小刘说他在某晚也做了噩梦，梦见Carolyn"饭穷匕见"，等到米缸吃空的时候，从缸底拿起手枪，将他爆头。他哭着醒来，说自己宁愿被Carolyn打死，也不愿意被她拒绝。他知道，他的judgement day（审判日）就快到了。

在克里夫兰骑士队输掉最后一场比赛的当晚，Carolyn给小刘做了一道西班牙海鲜饭，那是西班牙的国菜，Carolyn说，西班牙是除了家乡克里夫兰之外，她驻足最久的地方。

小刘内心为之一振，心想：她这是拿出了压箱底的本事，在他待在美国的最后一个夜晚，其意义不言自明。她一定是要答应自己了！

小刘梳洗打扮了一番，用掉了半瓶发胶，还拿出了珍藏已久的保险套，我听到这里，火烧屁股似的跳起来，说："你不过啦！要是第二天遇到坏人怎么办？"

小刘鄙视地看了我一眼，说："你这种人对自己不够狠，怪不得三十一岁了还打光棍。"

我不吭声了。小刘继续讲下去，说她做的西班牙海鲜饭可好吃啦，要多好吃有多好吃，还掏出相机，给我看他拍的海鲜饭特写。

　　我看见那黄灿灿的米粒，问小刘："这是打了几个蛋黄啊？"小刘说："你这个土锤，以后别说你是我表哥，发挥染色功能的是藏红花，藏红花你知道吗！"

　　我说："我知道，《后宫·甄嬛传》里面提到过，藏红花可致孕妇流产，甚至终身不孕，敢情Carolyn是要给你做结扎啊，也罢，一劳永逸，你以后不用再购买保险套了！"

　　小刘气得七窍生烟，说："你这种人就只适合待在北京西城区吃煎饼馃子，搁仨鸡蛋、撒一斤葱花，日后你丫婚宴就主吃这个。以后有好吃的我带楼下的野狗去吃也不带你，暴殄天物！"

　　我说："好好好，你洋气，以后你做煎饼馃子也放藏红花，搁鱼子酱，配道光年间的拉菲。"

　　小刘不理会我的讽刺打击，继续沉浸在那一晚的旖旎当中。他说他狼吞虎咽地吃完了海鲜饭，本来还想剩一点给Carolyn的，但一想到里面有藏红花，就没敢让她吃，免得老刘家绝后。

　　吃完以后，小刘郑重掏出自己公司的组织机构代码证，把保险套放在了上面，向Carolyn正式表白。我问他："你怎么表白的？"他说他抱起事先借来的吉他，为Carolyn弹唱了一首歌，歌名叫*I got nothing but a dick*。

I asked over and over again,

When would you go with me?

But you always laugh at me, cause *I got nothing but a dick*.

I want to give you a condom,

As well as my freedom.

But you still laugh at me, cause *I got nothing but a dick*.

这是我第一次听小刘唱英文歌，旋律甚是熟悉，一时想不起在哪儿听过。不知为何，我竟有一点感动。换作我是Carolyn，没准已经感动得把手按在组织机构代码证上，和小刘私订终身了。然后一起回到北京，开文身店，卖肥肠粉和煎饼馃子，与世无争，白头偕老。

可小刘子然一身归来，可见，Carolyn最终还是对他"饭穷匕见"。我问他："她为何没有从你？是因为你一个人吃光了所有的饭，不留给她，她觉得你自私？"

小刘瞪我一眼说："你丫怎么就知道吃。"他说Carolyn没有拒绝他，但也没有接受他的组织机构代码证，而是端起红酒杯，给他讲了一个故事。

那是Carolyn在西班牙的时候，她流浪到了巴塞罗那南边一个叫雷乌斯的小城，那里有地中海炽热的海岸线，有阳光、美食和全加泰罗尼亚最生猛的汉子。Carolyn当场就乐不思蜀，决定停止流浪，在此定居。

Carolyn有一个习惯，每到一个地方，就学习一道当地的菜肴，然后文一个和该地相关的文身在身上。迄今为止，她身上已经找不到多少肉色的地方，密密麻麻布满了千奇百怪的文身，有教堂，有骏马，有霰弹枪，还写着几个汉字"城吕丸法"。我怀疑她是照猫画虎的时候文漏了笔画，毕竟写汉字不是那么容易的事。

而她在雷乌斯的时候，遇到了一个心仪的男人，长得像极了保罗·加索尔，虽然是个"低配版"的，但依然把阅人无数的Carolyn迷得死去活来。Carolyn为了他算是下了血本，她学会了加泰罗尼亚语，参加了独立运动，甚至成为当地小有名气的意见领袖。她爱上了足球，把"Fuck Real Madrid（去你的皇家马德里）"文在了背上，当然，最重要的是她精通了当地的每一道菜肴，尤其擅长烹制蜂蜜奶酪和焗蜗牛，她牢牢拴住了加索尔的胃和灵魂，二人商量好，等到巴塞罗那队重夺欧冠的那一天，他俩就结婚。

但是天不遂人愿，小加索尔感染了一种爆发性肺炎病毒，在重症监护室住了十多天之后，被宣告不治。

Carolyn说，她这辈子最大的遗憾就是没有给小加索尔做一次西班牙海鲜饭。就在他入院的前一天，他说他想吃海鲜饭。但当Carolyn采购好食材回家的时候，发现救护车已停在了楼下。

在小加索尔最后的清醒时光里，他一直想吃这道海鲜饭，可是他的身体状况已经不允许吃固体食物了。Carolyn试过把海鲜饭榨汁，但是榨出来特别像粪水，小加索尔表示"士可杀不可辱"，坚决不吃。

于是一直到死，他都没有吃到这道平生最爱的菜肴，他原本是想把海鲜饭当作婚礼上的主菜的。

"就像你的煎饼馃子。"小刘噙着眼泪补充道。

我在感叹时不利兮之余，问小刘："她给你讲这故事是何用意？难道是向你暗示，她把做给爱人的保留菜品，留给了你？"

小刘摇摇头，说Carolyn告诉他，这道西班牙海鲜饭在当地有一个哀伤的名字，叫Hasta la vista，意即后会有期。人们往往在分别的时候，选择海鲜饭作为告别餐，以示"劝君更尽一盆饭，西出阳关无故人"。

我问："那怎么能当作婚礼主菜？难道他准备婚礼结束就离婚？"

小刘说是因为这饭太好吃啦，为了吃，人们有时顾不上那么多繁文缛节。

"那么，Carolyn请你吃Hasta la vista，是在向你告别？"

"是的，她是在向我告别。她说这个世界上除了雷乌斯，没有一个地方能让她有家的感觉，即便是克里夫兰。我急了，我说：'不回北京也罢，我愿意和你浪迹天涯，你文身，我支一辆三轮车在一旁卖肥肠，搞混业经营，效果事半功倍。'"

"那她有没有答应你？"

"她被我逗笑了，她有着全世界最美丽的笑容，但即使是笑的时候，眼角里也满是忧伤。我当时就明白过来，她的欢乐大概永远留在了雷乌斯，那里有阳光、海水和小加索尔，而北京只有雾霾、煎饼馃子和我。

"我当晚颓丧至极，自暴自弃地冲出了门，在凌晨四点的克里夫兰街头漫无目的地狂奔。

"最后我遇到了一个两米多高的黑人，壮得像一头银背大猩猩，He gotta be the man（他应该就是我想找的人）。我神情冷峻地撅起臀部背对着他，说：'Come on, motherfucker（过来啊，浑蛋）。'他一把拎起了我，将我倒转过来，盯着我的眼睛告诉我，他今天也遭受了很大的打击，但他并未放弃自己，去街上让人鸡奸，而是彻夜未眠，凌晨四点赶到克里夫兰球馆训练，他要向洛杉矶的那个老家伙学习。'而你，现在给我夹起屁股滚回家去！'

"我失魂落魄地回到家中，仿佛置身梦中。我把方才的遭遇告诉了Carolyn，问她我是不是遇到了天使。她说根据我的描述，我遇到的是勒布朗·詹姆斯。'对了，他的队友瓦莱乔背上的文身'The chosen two（上帝之子二号）'是我文的。'她骄傲地告诉我。

"临别之际，我请求她送我两件礼物，一是西班牙海鲜饭的做法，二是一个文身。她问我文什么，我说：'把你的中文名卡罗琳文在我的背上吧。'

"文完之后我照了照镜子，发现她文成了'长罗琳'，也罢，写汉字确实有点为难老外，我准备带着这个'长罗琳'过一辈子，哪怕我以后的老婆名字叫短罗琳，我也拒不修改。"

　　"长罗琳"要求小刘礼尚往来，也送自己一件礼物留念。小刘本来想送她几条染色体，但是觉得有辱斯文，还是按捺住了。他说："我教你一首中文歌吧。"

　　吉他前奏响起，"长罗琳"说："这不就是你之前唱的那首 *I got nothing but a dick*吗？"

　　小刘说这是该歌的中文版，《一无所有》：

　　我曾经问个不休，你何时跟我走，
　　而你却总是笑我，一无所有。
　　我要给你我的追求，还有我的自由，
　　可你却总是笑我，一无所有。
　　啊啊啊啊啊，你何时跟我走。
　　啊啊啊啊啊，你何时跟我走。

　　小刘的歌声未停，"长罗琳"已是泪流满面，说她虽然听不懂中文，但不知怎么就想起了在雷乌斯的医院里和小加索尔离别的场景。

　　小刘告诉她，相聚有一万种方式，而离别只有一种，古今中外的离别总是相似的。

讲到这里，小刘面色凝重地告诉我："其实我还有下半句话，生生憋了回去：我国著名文学家古龙说过，离别是为了相聚。"

我问他："你是想说，你还会回到克里夫兰？"他说："是的，本赛季詹姆斯一定会重回总决赛，到时候我还会回去。"

我心里顿时五味杂陈，我讨厌詹姆斯很多年了，但是为了小刘，本赛季我们都是詹迷。

小刘感动地握住了我的手，夸我深明大义。我摆摆手示意他别来这些虚的，来点实在的，给我搞一盘西班牙海鲜饭，我今天午饭都没吃，来他家不是听他唱歌的。

小刘鄙夷地瞪了我一眼，说："原来你为了一盘海鲜饭就能背叛科比，你们西城区男人怎么那么没有原则？"我耸耸肩，说为了吃，有时顾不上这些繁文缛节。

以下即是小刘做海鲜饭的实况：

1. 准备好大蒜、黄椒、红椒、洋葱、鱿鱼、青口、剥好皮的大虾、白葡萄酒、藏红花。

2. 鱿鱼切成鱿鱼。

3. 青红椒、欧芹和大蒜切碎。

4. 在平底锅里煎一片黄油，然后倒入少许橄榄油，这种二油混合的方法是"长罗琳"的秘诀，这样用混合油做出来的海鲜饭香味十足，又不至于热量太高。

5. 先下洋葱翻炒片刻，然后放入大蒜，炒至洋葱呈透明状。

6. 然后放入彩椒和欧芹。

7. 加入洗好的艾保利奥米（这里用珍珠米代替），翻炒片刻。

8. 加入藏红花，还没有子嗣的朋友记得别放太多。

9. 加入辣椒面和白葡萄酒，再加入高汤，不再翻动，关小火。然后放海盐和黑胡椒，盖上锅盖，小火焖十分钟。

10. 汤汁快收尽的时候，放入豌豆，按照虾、鱿鱼圈和青口的顺序摆盘码好海鲜。

11．挤入柠檬汁，加盖再焖五分钟，无须担心煳锅，因为海鲜会大量出水。开盖后放入欧芹和未挤的柠檬进行装饰。然后大功告成。

我狼吞虎咽地吃光了这份海鲜饭，一粒米都没给小刘留。毕竟面临绝育的威胁，当然是当哥哥的冲锋在前，哪有把危险留给弟弟的？

我打着饱嗝问小刘："这道海鲜饭你们管它叫什么来着？"他一字一顿地念给我听：Hasta la vista，后会有期。

Hasta la vista，我喃喃地重复，我知道我吃下这盘饭之后的两周里，会告别很多。告别北京，告别小刘，告别生育能力，告别会下雪的冬天，告别凌晨四点的月坛，告别很多我爱的人和东西。

一想到这些，我就有些惆怅，我告诉小刘，我只是希望所有的告别都能够重聚，所有的再见都能后会有期。小刘拼命地摇头："什么重聚，我才不想。试举一例，我小时候割过包皮，我才不要和它重聚。"

"你真的不想吗？我不是指包皮。"我严肃地问他。

他不说话，只是一杯又一杯地喝下啤酒，由于是空腹喝酒，很快就醉了。他不知在醉生梦死间见到了什么，整个人趴在沙发上，卖力地扭动着屁股，喃喃地说着醉话："Hello gays, I'm here for Lebron James（你好啊基佬，我与勒布郎·詹姆斯同在）。"

"And I'm back, Carolyn（我会回来的，卡罗琳）。"在彻底醉倒前的最后一秒，他轻轻地说道。

图书在版编目（CIP）数据

英雄的食材和神做法 / 拳王著. —长沙：湖南文艺出版社，2016.4
ISBN 978-7-5404-7550-5

Ⅰ. ①英… Ⅱ. ①拳… Ⅲ. ①短篇小说—小说集—中国—当代 Ⅳ. ①I247.7

中国版本图书馆CIP数据核字（2016）第063120号

上架建议：畅销·故事集

YINGXIONG DE SHICAI HE SHEN ZUOFA
英雄的食材和神做法

作　　者：拳　王
出 版 人：刘清华
责任编辑：薛　健　刘诗哲
监　　制：毛闽峰　李　娜
特约策划：李　颖
特约编辑：王　静
营销编辑：贾竹婷
封面设计：仙　境
版式设计：张丽娜
出版发行：湖南文艺出版社
　　　　　（长沙市雨花区东二环一段 508 号　邮编：410014）
网　　址：www.hnwy.net
印　　刷：北京京都六环印刷厂
经　　销：新华书店
开　　本：880mm×1270mm　1/32
字　　数：192千字
印　　张：9.5
版　　次：2016 年 4 月第 1 版
印　　次：2016 年 4 月第 1 次印刷
书　　号：ISBN 978-7-5404-7550-5
定　　价：38.00 元

质量监督电话：010-59096394
团购电话：010-59320018